白森明日美
想星のクラスメイト。
最近想星の方をちらちらと見
ており、怪しい。
とても可愛い、普通の女の子。

羊本くちな
想星のクラスメイト。
夏でも手袋を外さず、タイツを着用。肌を露出しない。
黒い服ばかりを着ているためクラスメイトからは変わり者と思われている。
高良縊想星
高校二年生。
普通でいたいと願っているが、少しだけ人と違う部分がある。
手を洗う時間がやたらと長い、らしい。

「五人殺したけど、五回死んだから、
結局、プラマイゼロか」
「ありえないだろ。
こんな僕に、彼女なんて……」

「おはよ、想星」
「うぇっほっ、ごほっ、うぇっ、うぉっ――
おっ、おはよう、ございっ……ます……」

「何なら、八つ当たりとかで殺したとしても、大丈夫だよ。
死ぬのは慣れてるから」

「知ってる。もう何回も、あなたを殺した」

目次

CONTENTS

恋は暗黒。

十文字 青

MF文庫J

口絵・本文イラスト●BUNBUN

恋は暗黒。

Ø1　普通の僕にはありえない

高良縊《たからい》想星《そうせい》はどこにでもいる普通の高校生になりたかった。

「でも、なんか想星ってさ――」

想星は手を洗っていた。同じクラスの林雪定《はやしゆきさだ》が隣で手を拭いている。

休み時間に同級生と連れだってトイレに行く。用を足したあと並んで手を洗う。ごく普通の高校生として、何の変哲もない、ありきたりな行動のはずだ。

「変だよね」

「……そうかな」

雪定は言いながらくすくす笑っている。想星は首をひねった。

雪定は手洗い器の蛇口を閉めた。不思議そうな顔をしている。

「え？　自覚ないの？」

「ううん……」

想星はとっさに答えを濁した。

（自覚――はある、けど。心外っていうか……）

少なくとも学校では、想星なりにずいぶん注意して生活してきた。そのつもりだった。

「変って、たとえばどこが？」

想星が訊《き》くと、雪定は即答した。

「手」

「――て？」

「想星、やたらと長いよね。手を洗う時間が」

指摘された想星は、石鹸《せっけん》の泡を指と指の間に行き渡らせているところだった。

「……長い？　かな？　長い？　そんなに……？」

「長い、長い」

雪定は、ふふ、と含み笑いをした。

「そんなに丁寧に手を洗う人って、めずらしくない？　お医者さんみたいだよ。手術する前の外科医とか」

「いや、外科医って……」

違うし、とか何とか呟《つぶや》きながら、想星は手洗いをそこそこで切り上げ、ハンカチを出して手を拭きはじめた。

（そういえば、あれか。みんな、けっこう早いもんな。雑っていうか。僕の感覚だと、雑すぎる……でも、むしろあれくらいが普通なのか。そっか。気をつけなきゃ……）

雪定が喉を鳴らすような笑い声を立てた。

「拭くのも入念だよね」

「……そぉ？　かなぁ……」

想星《そうせい》は満足度六割五分程度の拭きでとどめ、ハンカチをしまった。

（うっわ。拭きが甘い。気になる……）

けれども、普通の高校生はそんなに手を拭きまくらないというのなら、やむをえない。

（我慢しよ……）

想星の口からため息がこぼれた。

雪定《ゆきさだ》がまた笑った。想星の友人と言ってもいいだろうこの同級生は、大笑いすることはまずないが、よく笑う。それも、色々な笑い方を使いこなす。

「ところでさ、想星」

「うん」

「今、彼女、いる？」

「何て？」

想星が思わず訊《き》き返すと、雪定は「や、だから——」と繰り返した。

「彼女。いる？」

「……イル？」

想星には、その単語が耳慣れない外国語のように聞こえた。

「クァノジョゥ……?」

もちろん、彼女、というのは一般的な日本語だ。とくに文章の中にはよく出てくる。ある女性を指す。三人称の代名詞だ。

しかし、雪定が言った「彼女」は違う。彼氏と彼女の彼女、すなわち、恋人のような特別な関係にある女性、というか、恋人のことだ。

想星と雪定は高校一年二年と同じクラスなのだが、これまでそうした事柄が話題に上がったことはほぼない。いや、ほぼ、どころか、一度もなかった。

それなのに、なぜ雪定はいきなり想星に恋人の有無を確認するような真似《まね》をしたのか。

想星と雪定が所属する二年二組に、白森明日美《しらもりあすみ》という女子がいる。

白森は女子の中では背が高いほうで、百七十センチ近くある。すらっとしていて、頭がすごく小さい。七頭身から八頭身の、いわゆるモデル体型だ。聞いたところによると祖父だか祖母だかが外国人らしく、肌や毛髪、瞳などの色素が薄い。

ちなみに、想星の身長は百七十センチ前後だ。目や鼻や口が大きいとか小さいとか、えらがやけに張っているとか、その逆とか、そうした特徴らしい特徴はない。成績も平凡で、見るからに凡庸な、どこにでもいる普通の高校生・高良縊《たからい》想星にとって、白森明日美は遠い存在だ。

かなり遠い。違う惑星に住んでいるのではないか。そんなふうにすら思えるほど遠すぎる存在なのだが、実を言うと想星《そうせい》は白森《しらもり》のことが気になっていた。

ただなんとなく、ではない。白森の見た目が特異だから、ようするに容姿が秀でているから、でもない。

理由は、視線だ。

二年で同じクラスになった白森が、どうも想星をちらちら見ている。

（――ような、気がするだけか？　勘違いかな。気のせい――だよね……？）

最初はそう思った。しかし、やはり白森に見られていると判断せざるをえない状況が続いた。明らかに白森は、不自然なまでに高い頻度で、想星に視線を向けてくる。

（ひょっとして――）

次第に想星はこう考えるようになった。

（人は見かけによらない……ことも、たまにあったりするわけだし。白森さんは、もしかして――あちら側の人なんじゃ……？）

学校にいる間、もっと言うと、せめて学校にいる間だけは、想星はどこにでもいる普通の高校生でありたかった。

大勢ではないにしろ、林雪定《はやしゆきさだ》のような友だちがいる。毎日授業を受ける。ときには学校行事を楽しむ。想星にとって、それはかけがえのない日々だった。

白森のことが気になっていた、という表現は適当ではないだろう。想星は白森を怪しんでいた。警戒していたのだ。

その白森と、雪定はこの間、帰りの地下鉄で偶然、一緒になったのだという。

「おれも白森さんも一人で。おれ、イヤホンして音楽聴いてたんだけど。あ、どうでもいいか。それは」

たしかに。それはどうでもいい。

「白森さんが『林って、高良縊《たからい》と仲いいよね』って言ってきて。まあ友だちだよって返したんだけど」

(まあ友だち――)

想星はかすかに胸が締めつけられた。

(まあ……まあ、か。まあ友だち、くらいか。そうだよな……)

雪定とは学校でしか会わない。ラインは交換した。やりとりは一度か二度。これでも想星としては最大級の親しさだ。それ以上、たとえば普通の友だち同士のように、放課後、遊んだりするとなると、なかなかハードルが高い。

「それでさ」

雪定はさらりと言った。

「白森《しらもり》さん、『高良縊《たからい》って、彼女いる？』って訊《き》いてきて」

「へえ……」

想星《そうせい》はまばたきを二回した。それから目を瞠《みは》った。

「……ええ？」

「そういえば、想星、彼女いるのかなって。考えてみたら、おれも知らないし」

「あぁ……」

想星は噴きだしそうになった。べつに面白くも可笑《おか》しくもないのだが、何か笑えた。

「いないよ？　彼女？　僕に？　いやいやいや……ないって。ないでしょ。いるわけないし。そんな、僕に彼女とか」

「なんで？」

「え？　なんで？　いや、なんでも何も、僕だよ？　彼女とか、いるわけなくない？」

「いるわけないってことはないいんじゃない？　あ――」

雪定《ゆきさだ》は目を細めて微笑した。

「想星、自分のこと『僕』って言うよね。それもわりと少ないよね」

「そ……ぉ、かな？　まあ、比較的……少数派なのかも？　ね、うん……」

想星はどこにでもいる普通の高校生を目指していた。だから当然、中高生の年代ではより一般的な「俺」という一人称に挑戦してみたこともある。

（……なんか、違和感がね。拭えないんだよな。俺、はね。自分が自分じゃないような気がするっていうか。しっくりこなくて、恥ずいっていうか……）

「じゃあ、いないってことでいいんだよね」

雪定に念を押されて、想星はうなずいた。

「うん。いたことないし……」

彼女が欲しい。想星もそんな望みを抱いたことはある。

（――でも、無理だろ、みたいな。だいたい、誰かを好きになったこともないし。たぶん、これからも……一生、ないだろうし。僕に彼女とか、ありえない――）


そのあと雪定は、高良縊想星に彼女はいない、と白森に報告したようだ。

すると今度は、伝言を頼まれたらしい。雪定曰《いわ》く、本日の放課後、渡り廊下に一人で来い、というのがその内容だった。

（……決闘、とか？　果たし合い的な……？）

想星の脳裏に、剣客とガンマンが一騎討ちに臨もうとしている光景が浮かんだ。

（渡り廊下で？　校内の……？）

場所がおかしい。剣客とガンマンが戦うのも変だ。というか、どこから剣客とガンマンが出てきたのか。

（——罠《わな》、か？）

†

放課後になるとすぐ、想星《そうせい》は渡り廊下へと向かった。

誰もいない。

授業が終わって間もないので、当たり前だ。想星が素早く教室を出た際、白森《しらもり》はまだ席を立っていなかった。想星は渡り廊下の半ばあたりで白森を待つことにした。

やがて運動部の生徒たちなどが渡り廊下を行き交いはじめた。白森は現れない。

（……これは？）

体育館や外のグラウンドのほうから、健やかな男女の声が聞こえてくる。すでに部活動タイム真《ま》っ只中《ただなか》だ。想星は渡り廊下を独り占めしていた。

（やっぱり、ハメられた……？　具体的にどんな罠なのかとか、さっぱりなんだけど。実際、白森さんは来てないわけだし。こんなの罠としか……）

想星はうつむいた。一瞬で顔が熱くなった。

（……恥ずっ。だめだ。だめだ、これ。何がだめなのかよくわからないけど、だめだってことだけはわかる。もう帰ろっかな。そうだよ。帰らなきゃ。帰ろ……）

想星は駆けだそうとした。まさにその瞬間、渡り廊下の向こうに白森が姿を現した。

「あっ――」

想星は思わず声をもらした。白森も想星を見た。一瞬、何か言おうとしたようだ。けれども結局、無言で近づいてきた。

（ていうか――脚、長っ……）

想星は白森の顔を直視しつづけることができなかった。それでいつの間にか、彼女の脚を見つめていた。

（……あれ？）

不意に想星は思った。

（違うんじゃ？）

白森の脚はただ長いだけではない。

きれいだ。

やけにきれいすぎる。その美しさの種類に、想星は引っかかるものを感じた。よく手入れされているが、あくまで美容的な手入れのようだ。果たしてあれは鍛えられている脚だろうか。あの脚で速く走れるのか。高く跳べるか。容赦なく敵を蹴り倒せるだろうか。とても無理だろう。

いわば、機能性を度外視して見てくれだけやたらと上等な、見かけ倒しの脚だ。

白森《しらもり》は想星《そうせい》の前で立ち止まった。

「ごめん」

ずいぶんと小さな声だった。

「……でも、人いっぱいいいたし。高良縊《たからい》、来るの早すぎ」

「あぁ、人が――」

たしかに、さっきまでは生徒や教師たちの行き来がそれなりにあった。

（だから、遅れた？　様子を見つつ、ひとけがなくなってから、現れた……？　そういうことか……）

想星は小首を傾《かし》げた。

（……やっぱり、決闘？）

「彼女、いないんだ、高良縊」

白森は承知しているはずの情報を口にして、渡り廊下の胸壁に背を預けた。

「か、彼女――は……」

想星は白森の横顔に目をやった。白森の唇はふっくらとしていた。やわらかそうだった。妙に艶がある。ただのリップクリームではない、何か光沢感を与える種類のものが塗られているのだろう。

「い、いませんけど」

「敬語って」

白森は少し笑って明るい色の頭髪をかきあげた。

想星は胸を押さえた。香水か何かの甘い香りが漂った。そのせいなのか。心臓のあたりが、くっ、となったのだ。

（……心拍数が……）

「あのさ」

白森はそう言ってから、右足の靴の踵《かかと》で床を何度か軽く蹴った。下を向いている。

「いやだったら、断っていいから」

「こ？」

想星は立ちくらみがした。

「……断る？　な、何を……？」

白森は上目遣いで、ちらりと想星を見た。

「あたしと」

校則で一応禁止されているのだが、白森は化粧をしていた。そこまで濃くはないものの、薄化粧とは表現しがたい度合いのメイクだ。想星が記憶している限り、教室ではしていなかった。ということは、授業が終わってこの渡り廊下に現れるまでの間に、白森はわざわざ化粧をしたのだ。そのメイクでも隠しきれないほど、白森の顔は紅潮していた。

「付き合ってください」

想星《そうせい》は七秒から八秒の間、ただ呆然《ぼうぜん》と立ち尽くしていた。

（――いや……なんで敬語？）

そんな疑問が湧き上がった。やけに苦しい。いつの間にか、想星は息を止めていた。このままでは窒息してしまう。だから想星は、吸った。吐いて、また吸った。さらにゆっくりと吐いてから、想星は返事をした。

「はい」

†

想星は渡り廊下をあとにした。下校するにあたって、鞄《かばん》を取りに行かなければならない。教室へと向かった。

（……ぜんぶ夢だったんじゃ？）

インスタやってないんだ、と白森《しらもり》に言われた。求められるまま、ラインを交換した。加えて、互いの電話番号を登録しあった。おぼろげにではあるものの、想星はそれらの出来事を記憶している。

（そうだ。覚えてる。てことは、現実なのかな……）

想星《そうせい》はポケットの中からスマホを出そうとした。

（確かめればわかるんだけど。なんか逆に、確かめたくないような……）

迷ったあげく、スマホは出さなかった。

想星は教室の自分の机に掛けてあったバッグを手に取った。その直後だった。

放課後の教室はがらんとしていた。てっきり無人だと想星は思いこんでいたのだが、そうではなかった。

誰かいる。

窓際の一番後ろの席だ。

女子が座っている。

「――っ！」

想星は仰天して跳びのいた。体が机にぶつかってやかましい音を立てた。

窓際の女子が想星のほうに顔を向けた。

頬杖《ほおづえ》をついている。

その眼光が鋭い。鋭すぎる。むやみやたらと鋭い。まさしく眼光。さながらナイフだ。

それも、ダガーのような、殺傷目的でしか使われない両刃のナイフを思わせる。

（……羊本《ひつじもと》さんか）

想星はあたふたと机の位置を直した。それから急いで鞄《かばん》を肩に掛けた。

掃除当番でなければ、帰りのホームルームが終わった途端、誰よりも早く教室をあとにする。それが普段の想星だった。おかげで、放課後の教室がどんな様子なのか、よくは知らない。ただ、戻ってきたら静かだった。話し声などは一切聞こえなかった。教室には誰もいない。無人だと決めつけていた。

（……なんとなく、羊本さんって僕と同じくらい早く帰っちゃいそうな人だけど……）

人は羊本くちなを、羊本さん、と呼ぶ。

名字にさん付けなので、とくに変わった呼び名ではない。もっとも、同級生たちが彼女を、羊本さん、と呼ぶ際のニュアンスはやや特殊だ。羊本さん、というより、ヒツジモトサン、と表記したほうが、あるいは適切かもしれない。付け加えられたさんの部分には、軽い敬意や親しみ以外の意味がこめられている。

いつだったか、同級生たちが羊本のことを次のように評していた。

——あれ、絶対、人殺したあとの目でしょ。

羊本は三白眼気味だ。シンプルに目つきが悪い。おまけに黒目の虹彩《こうさい》の色が暗く、なんだか恐ろしいほど黒々として見える。

だいたい、羊本は異様だ。冬ならまだしも、夏でも黒いストッキングを穿《は》いている。どういうわけか手袋まで嵌《は》めていて、かたくなに外そうとしない。何らかの事情で肌を露出させるわけにはいかないのか。不明だ。理由を訊《き》いても教えてはくれないだろう。

羊本《ひつじもと》は誰とも話さない。声を発するのは授業中、先生に指名されたときだけだ。皆、羊本を不気味な人だと思っている。過去には興味本位で近づこうとする者もいたが、全員撃沈した。うっかり羊本の進路を妨害しただけで睨《にら》まれてしまう。あの怖い目で。ダガーナイフの眼光で斬りつけられる。触らぬ神に祟《たた》りなし、というやつだ。

(しかし、目力やばい……)

想星《そうせい》はあとずさりした。羊本から目を離すことができない。後ろ向きに進んでいたせいで、また誰かの机に体が衝突しそうになった。その拍子に、想星は羊本に背を向けた。

(……部活とかやってるのかな、羊本さん。ないか。ないだろうな……)

想星は教室を出る前に、もう一度、羊本の様子をうかがった。

(相手が羊本さんじゃなかったら、どうしたの、とか訊《き》いたりするのが、普通なんだろうけど。無視するのもあれだし。声くらいかけるよな、たぶん……)

想星はどこにでもいる普通の高校生を目指していた。普通の高校生らしい暮らしを大事にしている。いわゆる普通の高校生とはどのような存在なのか。知り抜いているわけではない。それでも精一杯、普通の高校生であろうとしている。

「あの」

想星が勇気を振りしぼって言った。その瞬間、羊本の肩がわずかに震えた。意外だった。反応があった。

「さ、さよなら」

想星は別れの言葉を絞りだした。そして教室を出ようとした。その間際だった。想星の耳に低い声がひっそりと届いた。

「さようなら」

「――……え？」

思わず想星は訊き返した。

羊本は頬杖《ほおづえ》をつき、窓の外に顔を向けている。

想星はそのまま五秒ほど待った。

けれども、羊本は微動だにしない。

（……空耳？　だったとは、思えないけど。聞こえたし。おそらく羊本さんの声だったし。でも、なぁ……）

想星はなんとなく会釈をして教室をあとにした。階段を下りていたら、突如としてスマホが鳴動した。

（――い、いやいや。し、仕事でしょ？　そうだよ。仕事だ……）

想星は深呼吸をした。それからスマホを取りだした。スマホのディスプレーにはラインの通知アイコンが表示されていた。

「ゆ、雪定《ゆきさだ》かな……」

想星《そうせい》はスリープを解除してラインを開いた。危うく階段から転げ落ちるところだった。雪定《ゆきさだ》ではなかった。

「あすみ――って……」

もちろん、白森明日美《しらもりあすみ》だ。それ以外にありえない。ラインの「友だち」の数は「2」で、その内訳は「林《はやし》」と「あすみ」、すなわち林雪定と白森明日美だ。

想星は震える指でトーク画面を開いた。

今　電話していい？

「――いぇぇぇぇぇぇぇぁあっ!?」

想星は階段の手すりに掴《つか》まった。さもないと転げ落ちてしまう。

（ななな、何かっ、返信しないと……？　で、ででっ、でも、どう返信したら……？）

そうこうしているうちに、というか想星は何もしていなかったわけだが、再びスマホが鳴動した。

今度はトークではない。音声着信だった。

「しし白森さんからっ……!?」

想星は反射的に応答してしまった。

『もしもし』

（……くっそ……ほんとに白森さんの声じゃないかっ……）

何が、くっそ、なのだろう。自分が誰に、あるいは何に対して悪態をついているのか、想星には判然としなかった。いずれにしても、応答してしまった以上、話さないと。出ておいていきなり切断するわけにはいかない。普通の高校生として。というより、一人の人間として。

「……も……も、もしもし……」

『高良縊《たからい》？』

「……う、うん」

『電話しちゃった』

「……うん」

『今、どこ？』

「……ど、どこ？　え？　あぁ……が、ががっ、が、学校……」

『まだ学校なんだ』

「……うん」

『ふーん……』

「……」

『…………』

「……………」

『あのね』

「は、はい」

『はいって』

「……う、うん」

『高良《たから》縊《い》のこと、下の名前で呼んでもいい？』

「……え？」

『想星《そうせい》って』

「……あ……ええっと……そ、それは……」

『だめだった？』

「い、いやぁ、そっ、そ、そっ、そんな……そんな、ことは……」

『あたしのことも、下の名前で呼んでくれたらなぁって』

「……ししし、下っ……で……？」

『あたし、あすみっくとか、あすみんとか、呼ばれること多いんだけど。友だちには』

「……あああぁぁぁぁあすみっく……」

『明日美《あすみ》がいいかな』

「あああぁぁあああぁぁぁあああぁぁぁあああすみ……？」

『あが長すぎ』

「……ごっ、ごごごご、ごごっ、ごめん……」

『普通に、明日美がいいかなって』

「…………」

いつしか想星は階段の半ばでしゃがみこんでいた。呼吸が乱れきっている。すごい乱れ方だ。想星は全力を尽くして息を整えた。

（……その間に、すごい時間経《た》ってる。僕、ずっと黙っちゃってる……）

このままではまずい。想星は一念発起した。

「あ、明日美」

『……ぅわ』

「え？」

『……どきどきする』

（それ――）

想星は一瞬で汗だくになっていた。

（こっちの台詞《せりふ》ですから……）

Ø2 ZERO-SUM GAME

高良縊想星《たからいそうせい》はどこにでもいる普通の高校生になりたかった。

『用意はいい、想星?』

イヤホンから聞こえる声に、想星は短く答えた。

「はい、姉さん」

想星はとある高層ビルの屋上にいた。着ている服は上下とも黒だ。特別なものではない。履いているスニーカーも同様だ。どれも最寄りのショッピングセンターで買った。高価でも、ひどく安価でもない。そこそこ丈夫で、手頃な値段のものを選んだ。

想星が手にしている拳銃は、そのへんには売っていない。あとは、黒い服の上に着ているベストも、拳銃や予備の弾丸、弾倉などを収めるためのポケットがたくさんついていて、ショッピングセンターではまず見かけない。背負っている登山用のリュックサックはスポーツ用品店で買い求めた。

『標的の車が地下の駐車場に入ったわよ、想星』

想星は返事をせずに屋上の縁まで足を進めた。

このビルは十八階建てで、二車線の道路を挟んだ向かいのビルは十階建てだ。

標的は、地下駐車場のエレベーターで向かいのビルの九階まで上がる。

今回の標的は、年に一度か二度しか自宅から出ない。自宅はあまりにも警備が厳重すぎて、内部の構造を探ることすらできなかった。標的は一人で暮らしているのか。同居人がいるのか。警備の人員がどの程度いるのかさえ突き止められなかった。

結局、機会は数少ない外出の際しかない、と姉が判断した。

（……そこについては、僕も異論はないんだけどさ）

姉が立てた計画はこうだ。

想星《そうせい》が今いるこのビルの屋上から跳んで、向かいのビルの九階に突入する。そして、護衛ごと標的を始末する。

姉はあらかじめビルに潜入しておくなどの方法も検討した。しかし、標的が訪ねる前に徹底的な安全確認が実施されるようだ。隠れていても見つかってしまう可能性がある。標的はきわめて用心深い。不審者がいれば、当然、外出を中止する。

待ち伏せは通用しない。そうなると、奇襲しかない、ということになる。

（それにしたって、もうちょっとやり方ってものがあるんじゃないかな……）

『想星？』

「はい、姉さん」

『そろそろよ』

「わかってます」

『生意気な言い種《ぐさ》ね』

姉の声音は咎《とが》めるような調子ではなく、むしろやわらかだった。だからといって、姉が怒っていないとは限らない。想星は胸が詰まるような感覚に襲われた。

「……ごめんなさい、姉さん」

『いいのよ、想星』

姉は本当に弟の謝罪を受《う》け容《い》れたのか。想星には判断がつかなかった。

（……姉さんが何を考えているのかなんて、僕にはわからない。――わからないって言ったら、あれだな、白森《しらもり》さんも……）

突然、付き合ってください、と言われた。不意討ちだった。思わず、はい、と返事をしてしまった。

（……いまだにわかってないんだけど、付き合う……って？　つまり、僕が白森さんの彼氏ってこと？　え？　それってようするに、白森さんが、僕の彼女？　えっ……？）

想星は胸を押さえて唇を舐《な》めた。

（……変だよ。そんなのおかしいって。だって……僕だよ？　僕と白森さんって――あっ、そっか、明日美《あすみ》って呼ばなきゃならないんだっけ。……あ、明日美？　いやいやいやいや。無理でしょ。無理。ありえないって。だいたい、なんでよりにもよって、僕なのかっていう……え？　てことはもしかして、白森《しらもり》さん、僕のことが——好き……だとか？　えええええ？　いや……おかしくない？　おかしいよね？　絶対、おかしい……）

『想星《そうせい》？』

「はいっ？」

『今、ぼんやりしていなかった？』

「……いいいいえ？」

『そう』

姉は小さく息をついてから、やけに低い声を出した。

『本当に？』

想星は答えることができなかった。ＹＥＳにしろ、ＮＯにしろ、姉の逆鱗《げきりん》に触れるだろう。だとしたら、黙っているしかない。

『集中なさい。突入用意』

「了解」

想星は向かいのビルの九階を確認してから後退した。

走り幅跳びは、最低四十メートルの助走路を確保しないといけない規定になっている。この屋上では、二十メートル助走するのがやっとだ。

「いけます」

姉が号令を下す。

『突入して』

想星は走りだした。恐怖というほどの恐怖は感じないが、楽しくはない。どちらかと言えば、嫌だ。かなり嫌だ。

（どれだけ慣れても、嫌じゃなかったことなんか、ない……）

想星は屋上の縁で踏み切って、思いきり跳躍した。

（僕に、彼女なんて――）

向かいのビルがどんどん迫ってくる。

（空中で考えることじゃないか……）

十階。

高度が下がって、九階の窓。

姉の計算に従って事前にシミュレートしたとおり、どんぴしゃだった。

想星は両腕で頭を庇《かば》った。ビルの分厚い窓に激突した。ものすごい衝撃だった。音もひどいものだった。窓硝子《ガラス》の破片もろとも九階のぴかぴかに磨き抜かれた床に転がりこむと、想星は全身血まみれになっていた。体が言うことを聞いてくれない。

『入ったの？』

「……はい」

か細い声しか出なかった。もう意識が遠のきかけている。起き上がることはできそうにない。仕方なく想星《そうせい》は這《は》って進んだ。硝子《ガラス》の破片があちこちに刺さっても、一向に痛みを感じない。

（……これ、かなり……死にかけてる……）

このビルの九階と十階は特別な施設だ。通常のエレベーターでは八階までしか上がれず、地階と九階を結ぶ専用エレベーターが別にある。九階の半分は特別施設のエントランスホールで、そこからまた別のエレベーター、もしくは階段で十階に上がることができる。美しい植物や高価な彫刻、立派な鎧兜《よろいかぶと》といった美術品が収納されている硝子ケースの間を進むと、通路に出る。通路の向かって左に専用エレベーターの出入口が、右には十階と行き来できる階段とエレベーターがある。

姉の推測どおりなら、専用エレベーターで九階に上がってきた標的が、今まさにその通路を経由して十階に向かおうとしているはずだ。

（あぁ……）

想星はその通路まで辿《たど》りつけなかった。

（――無理か……）

足音がする。

視界は霞《かす》むどころか真っ暗に近い。何も見えない。

「何だ、こいつ！」

誰かが怒鳴った。標的の護衛だろう。その直後、想星は撃たれた。自動拳銃による射撃だった。

自動拳銃は護身用、護衛用によく使われる。しかし、訓練を積んだ射撃手でも、実戦ではなかなか当たるものではない。想星が重傷を負っており、一見して虫の息だったことから、護衛は三メートル程度まで接近して発砲した。至近距離だ。さすがに何があろうと絶対に外すことはない。

実際、護衛の拳銃から放たれた銃弾は想星の頭に命中した。

護衛は一発だけでなく、念を入れて三発の弾を想星の頭部に撃ちこんだ。

ほぼ即死だった。


(——……死は、覚めない眠りみたいなものだって、誰かが言ってたけど——)

息を吹き返しても想星はじっとしていた。

(違うんだよな。僕だけかもしれないけど……いきなりどこかものすごく狭い場所に閉じこめられて、何もできなくなる、みたいな。あ、死んだなって、なんかわかるし……)

「もう大丈夫です、坂柳《さかやなぎ》さん」

護衛の男が言った。坂柳《さかやなぎ》、というのは標的の名だ。護衛の男は想星《そうせい》から離れて坂柳のもとへ戻ろうとしている。

専用エレベーターから十階へのエレベーターに至る通路は、全長約十五メートル。護衛に守られた坂柳がエレベーターを降りて五メートルほど歩いたところに、想星が突入した。スーツ姿の護衛は四人。そのうちの一人、護衛Aが想星を撃った。護衛Bが護衛Aのサポートについて、あとの二人、護衛CとDは坂柳をガードしていた。

(最悪なのは……)

想星はタクティカルベストのポケットにそっと右手を忍ばせた。拳銃を握る。ルガーのLC9という自動拳銃だ。軽くて扱いやすいから愛用している。

(死んでる間は、時間の感覚がないんだ。どうやら僕は、死んだらすぐ蘇生《そせい》するみたいだけど——なんだかずっと、死んでたみたいな感じがする……)

「どうしましょう、坂柳さん。やり口が無謀すぎてよくわかりませんが、刺客だと思います。今日は中止されますか」

護衛Aが坂柳に尋ねている。

「始末したんだろう?」

坂柳が返す。かなり不機嫌そうだ。

「せっかくの準備が無駄になる。それより、俺がここに来たことがなぜ漏れた?」

「それは……」

護衛Aが言《い》い淀《よど》むと、坂柳は腹立たしげにため息をついた。

「早急に原因を突き止めろ。……そうだな。予定はキャンセルだ。帰るぞ」

「かしこまりました」

護衛Aが腰を折ってそう答える姿を、想星は目視していた。静かに硝子《ガラス》ケースと硝子ケースの間を匍匐《ほふく》前進し、音もなく立ち上がって銃を構えていたのだ。

距離はおよそ五メートル。頭を下げている護衛Aの向こうに、標的の坂柳がいる。

坂柳謙信《けんしん》。

六十四歳だというが、せいぜい五十代にしか見えない。テレビドラマで父親役を演じる俳優のような風貌だ。

四十年以上前から無数の犯罪行為に手を染めてきたのに、坂柳はただの一度も逮捕されたことがない。暴力団にも海外のマフィアにも所属せず、違法薬物の密売や人身売買を行うRosa rugosaとかいう名の組織を一代で築き上げた。ちなみに、坂柳の兄は元警察官で、警視総監にまで上り詰めた名士だ。

想星は両手でしっかりとルガーLC9を保持し、引き金を引き絞った。

坂柳の鼻柱の右横あたりに初弾が命中した。坂柳は、うげっ、と呻《うめ》いてよろめいた。

「あぁ!?」

護衛たちが振り向きながら自動拳銃を抜いている間に、想星《そうせい》はさらに引き金を引いた。二射目は坂柳《さかやなぎ》の眉間に、続く三射目は鼻柱のど真ん中に当たった。

(——殺《や》ったか)

誰かの命を奪うと、想星にはそれがわかる。体の中心あたりで、とくん……という、独特の音が響くような感覚があるのだ。

奪ったぶん、想星の命は増える。

さっき一度死んだので一つ減ってしまったが、これで差し引きゼロだ。いや——

「っ……」

護衛たちが発砲してきた。彼らは腕がいい。想星の頭部や胸にたちまち七、八発の銃弾が撃ちこまれた。ほぼ即死だった。

(——……まったく、どうなってるんだ、これ)

想星は血まみれで床に寝ていた。死んで倒れたらしい。

(今さらだけどさ……)

そのへんに転がっていたルガーを拾って身を起こそうとしたら、また銃声が轟《とどろ》いて弾が飛んできた。坂柳の護衛たちは全員、本当に射撃がうまいようだ。

「おっ……──」

ほぼ即死だった。

（──……二連続で殺された。これでマイナス2か……）

想星は起き上がらずに寝たままルガーを握って撃った。護衛たちが駆け寄ってこようとしたので、狙わなくても一人の護衛に当たった。

「うあっ……」

護衛AかBかCかDかはわからない。想星はそのまま銃撃されながら四発撃って、護衛を二人、仕留めた。

（ゼロに戻し……ッ──）

しかし、その直後に頭を撃ち抜かれて、想星は死んだ。

蘇生《そせい》すると、えらく苦しかった。想星は大の字になっていた。護衛の一人が右脛《みぎすね》を想星の首に押しつけている。しかも、額には銃口が突きつけられていた。せっかく生き返ったのに、今にも殺されてしまいそうだ。

「何なんだ、この野郎！　化け物め……！」

（勘弁して欲しいよ……）

ルガーLC9は手近にない。護衛が蹴飛ばすか何かして遠ざけたらしい。想星《そうせい》は護衛の拳銃を鷲掴《わしづか》みにしてひねり上げた。護衛はちょうど引き金を引こうとしていたところだった。

「あっ……！」

護衛はとっさにトリガーガードから人差し指を抜いた。そのまま引き金を引いてしまうと、自分に向かって発砲することになる。射撃の訓練をちゃんと受けている者なら、こういう場合、だいたい反射的にそうするものだ。ただ、護衛は想星の首から右脛《みぎすね》を離してしまった。それは重大で致命的なミスだった。

想星は呼吸できるようになった。一気に護衛の拳銃を奪い、すぐさま撃った。その護衛に三発食らわせて殺したら、もう一人の護衛が撃ってきた。

（こめかみ――）

そう思ったときにはもう、想星は被弾して死んでいた。

（――……こんなに死ぬの、久しぶりなんですけど……）

蘇生《そせい》すると、生き残った護衛は想星から四メートルほど距離をとって銃を構え、息を乱してがたがた震えていた。

「なんっ……何だっ……こ、この……何なんだよ、くそ……！」

幸いなことに、想星は銃のトリガーガードに人差し指を突っこんだまま死んだらしい。どうやら、生き残った最後の護衛は、想星に全弾叩《たた》きこんだようだ。今、彼が両手で持っている銃は、おそらく弾が切れている。

「チートだって思う気持ちはわかるけど」

想星は右手でグリップを握り、左手も添えた。最後の護衛を狙い撃った。

「んがっ……」

護衛は胸に一発食らったあと、踵《きびす》を返して逃げようとした。逃がすわけにはいかない。想星は二発、三発と立て続けに命中させた。

「――っそぉぁ……っ………」

護衛が床に倒れこんでから、想星は立ち上がった。

「僕だって、好きでこんなふうになったわけじゃないんだよ」

歩みよって、護衛の頭をもう一発撃った。とくん……というような音を感じて、彼がその瞬間、絶命したことがわかった。

「五人殺したけど、五回死んだから、結局、プラマイゼロか」

想星《そうせい》は右手で拳銃を握ったまま、左手で両耳をさわった。イヤホンが外れていた。

「探さなきゃな。なくしたら、姉さんに叱られる……」

ため息をついてから、想星は歩きだした。

「ありえないだろ。こんな僕に、彼女なんて……」

Ø3　息が止まるまであと何秒

（――僕は昔から、夢見がめちゃくちゃ悪いし……）

高良縊《たからい》想星はベッドの上で仰向《あおむ》けになり、額に右手の甲をあてがって天井を見ていた。

（もともと、そんなによく眠れるほうじゃないんだよな。それにしても、ほとんど一睡もできなかったっていうのは……）

遮光率の高いカーテンを閉めきっていても、外の明るさはわかる。もう朝だ。日が昇ってから、だいぶ経《た》った。想星は眠るのを断念して起き上がろうとした。そのときだった。

枕元でスマホが鳴動した。

「っ……！」

想星はスマホを引っつかんだ。ラインだった。

「ああぁあぁぁぁあすみ……」

おはよ

その一言だった。白森明日美《しらもりあすみ》からのメッセージだ。

「……な、なな、ななな、何事かと思った……」

想星《そうせい》は跳び起きた。

「そ、そうだ！　そうだよ、これってやっぱり、返信しなきゃ……？」

スマホを握り締め、迷いに迷いながら腹筋運動をしていると、また来た。

「――わあっ！」

夢みた　想星が出てきて・・・　どんな夢だと思う？

「は、はあっ!?　ゆゆゆ夢……？　ゆっ、夢……って、そそそんなの知るかぁっ……」

手が震えている。腹筋運動を中断したのに、想星はあっという間に汗だくになった。

「……どど、どうしよう、これって、回答を求められている？　のか……？　答えなきゃだめ？　ど、どんな夢って……やっぱ悪夢？　違うか、そ、そんなっ――ぐぉっ！」

想星はスマホを吹っ飛ばしそうになり、慌ててキャッチした。またもや白森《しらもり》がメッセージを送ってきたのだ。


いい夢でした！

短い文面にスタンプが続いた。想星には正体がわからない、猫か何かのキャラクター的なものがにっこりと笑みを浮かべているスタンプだった。

「……い、いい夢……」

想星は肩で息をしていた。汗が一向に止まらない。

「な、何か……何か、返さないと……」

おはようございます　悪い夢じゃなくてよかったです

「……たとえば、こんな感じ？　とか、だと……？」

送信した。

直後、想星は激しく頭を振った。

「なんか違う気がする！　これじゃない気が……！」

間髪を容《い》れず、白森からレスがあった。

言い方！

「——ああぁっ！」

想星《そうせい》はベッドから飛び降り、壁めがけて突撃しようとした。

「いっ……いやいやいや！　壁、壊れるし！　うあああぁぁ、でも、ミスった！　やばい、やばいよ、やばいって！　白森《しらもり》さん、これ絶対、怒ってるって……！」

しかし、すぐにまたスタンプが送られてきた。

何かよくわからない、猫のキャラクター的なものが、腹を抱えて笑い転げているスタンプだった。

「これはぁ……!?」

想星は床に両膝をついた。捧《ささ》げ持《も》ったスマホを仰ぎ見る。

「おっ――こって、ない……!?　よね？　ウケた……!?　なんで!?　いや、だけど、いいか、そうだ、そうだよ、いいじゃないか、怒ってないんだったら、とりあえずは……」

そうこうしているうちに、またメッセージが届いた。

学校で会えるの　楽しみ

「……た、たっ――たた、た、たたのっ、たのし、楽しみ……」

想星は息も絶え絶えになりながら、白森が送ってきた文面を何度も読み返した。

「心臓に、悪い……」

†

（まったくさ……初めてだよ……）

下駄箱《げたばこ》で上履きに履き替えながら、想星は今日何十度目かのため息をついた。

（登校するのに、こんなに緊張したの……）

高良縊《たからい》想星はどこにでもいる普通の高校生になりたかった。

（もし彼女ができたら、とか。想像してみたことも、ないわけじゃないけど。なんか、違うな。ぜんぜん違う。ていうか、そもそもよくわかんないし。わかるわけないし……）

教室に入る前に、想星は中の様子をうかがってみた。林雪定《はやしゆきさだ》はいた。それから、羊本《ひつじもと》くちなも窓際後ろの席で頬杖《ほおづえ》をつき、外を見ていた。

（地味に早いんだ、羊本さん。いつもなのかな。どうだっけ。そういえば、必ず教室にいるような気も。――白森さんはまだ、か……）

想星は一つ息をついてから教室に入った。何人かが想星のほうに顔を向けた。

「チョイーッ！」

クラス一の陽気者で、いい意味で賑《にぎ》やかなワックーこと枠谷光一郎《わくやこういちろう》が、敬礼のような仕種《しぐさ》をしてみせた。想星は頑張って笑顔を作った。

「おはよう、ワックー」

それが想星《そうせい》の精一杯だった。

（……チョイーはな。やってみたいけど、照れがあって、できないんだよな……）

どう見ても乗りがいいとは言えない想星に、ワックーは親指をビッと立てて片目をつぶってみせた。ワックーは誰に対しても、常にこうだ。

（好感しか持てない……）

想星が自分の席につくと、雪定《ゆきさだ》が近づいてきた。雪定は透明感のある爽やかな高校生男子だが、朝の光を浴びていると清潔感が数倍増しになる。

「おはよう、想星」

友人の笑顔の眩《まばゆ》さと寝不足のせいで、想星は思わず目を細めた。

「ああ、うん……おはよう、雪定」

「で？」

雪定はしゃがんで、椅子に座っている想星と目線を合わせた。

「どうだった？」

「……どう――って？」

想星が訊《き》き返すと、雪定は身を乗りだしてきて声を潜めた。

「昨日。白森《しらもり》さんに告白されたんでしょ？　返事は？」

「そっ――れ、は……」

想星は下を向いた。両手で左右の頬を押さえる。顔が熱い。

「……まあ、一応」

「一応？」

「だから……い、一応、その……」

「断ったの？」

「いや……それは……」

「オッケーしたってこと？」

「……まあ」

「へえ」

雪定はにんまりと笑った。

「そっか。それじゃあ、二人はもう付き合ってるんだ。よかったね」

「……よ――かった？」

想星は頬を押さえている手を上方向に移動させた。両手で頭を抱えこんだ。

「よかった……の、かな？」

「いや、わかんないけど。でも、悪いことじゃないでしょ？」

「まあ……」

「白森《しらもり》さんってかわいいし、なんか明るくて楽しそうな人だし、やっぱりよかったんじゃない？」

雪定《ゆきさだ》は立ち上がって想星《そうせい》の肩をぽんと叩《たた》いた。

そうして軽やかな足どりで離れていった雪定と入れ替わりに、誰かが歩みよってきた。

想星にも何かの折に立ち話をするような相手は複数いる。けれども、わざわざ席までやってくるのは雪定くらいだ。昨日まではそうだった。

「しっ――」

想星は目を剝《む》いた。背筋が反り返るほど伸びた。腿《もも》に両手が強く押しつけられた。

その誰かは女子だった。脚がとても長い。内股気味だ。うつむいて、手を後ろで組み、ゆっくりと歩いてくる。

最後の一歩は、ぴょんと跳ぶような感じだった。

彼女は両足で着地すると、上半身を右側に傾けて、はにかんだような笑みを浮かべた。

「おはよ」

「――あっ……」

想星はまばたきをした。顔全体がゆがむほどのまばたきを、まばたきと呼べるのなら。

それから一度、かくっとうなずいた。

「おっ……――」

はよう。

もちろん、想星はそう挨拶を返したかった。しかし、うまく声を発することができなかった。代わりに咳《せき》が出た。

「うぇっほっ、ごほっ、うぇっ、うぉっ——おっ、おはよぅ、ござぃ……ます……」

「言い方！」

白森明日美《あすみ》は体を折ってころころと笑った。

「……は、ぁはは……」

想星も笑った。顔が引きつっている。いや、顔だけではない。今にも想星のほぼ全身が痙攣《けいれん》しそうだ。

すると、急に白森が黙りこんだ。白森の顔から一切の表情が消え失《う》せたので、想星は大いに動揺した。

（……怒った？　僕が何か変なことをして、怒らせた——のか……？）

生きた心地がしない、とはこのことだ。

（……まあ、僕は死んだことがあるわけだけど。しかも、一回や二回じゃないし。何なら昨夜も五回ほど死んだし。今は生きてるのに、生きてる心地がしないって、変だな……）

それもこれも、白森が沈黙しているせいに違いない。

（謝ったほうが？　いい——のかな……？　でも、何をどうやって謝れば……）

想星《そうせい》が正解の見えない謝罪について真剣に検討しはじめたときだった。

「会えたね」

小声だった。白森《しらもり》が、ぼそり、というより、ぽそっ、というふうに言ったのだ。

(……会え──た、ね……?)

想星の頭の中は誰もいない体育館のようだった。無人の体育館に、白森の声が響き渡っていた。

会えたね。

会えたね。会えたね。会えたね。

会えたね。会えたね。会えたね。会えたね。会えたね。会えたね。

──と。

この体育館は無人だ。だとするなら、誰がこの声を聞いているのか。想星ではないのか。

だとしたら、無人の体育館に想星がいる。すなわち、無人ではない、ということになる。

第一、ここは体育館ではない。教室だ。

(何だろう、この気持ち……)

「ぃひっ」

だしぬけに白森が奇妙な声を発した。すぐさま両手で自分の口を押さえる。

「うぁ、あたし、キモっ。ごめん、出直す!」

白森は顔を上気させていた。踵《きびす》を返してぱたぱたと駆け去ってゆく白森の後ろ姿を、想星は呆然《ぼうぜん》と見送った。

（どんなかわいい生物かよ……）

†

高良縊《たからい》想星はどこにでもいる普通の高校生になりたかったのだ。これは、違う。

同級生たちにやたらとチラチラ見られたり、「どういうこと?」「嘘《うそ》」「マジ?」「いやあ、どうだろ」「ないんじゃね」といったような囁《ささや》き声がやけに耳に入ってきたりするのは、想星が思い描く普通の高校生活では断じてない。

（みんなの気持ちは、わからなくもないけど……）

とくに何かのついでというふうでもなく、白森が想星個人に挨拶をした。いったいこれはどういうことなのだろう。もしかして、二人はただならぬ関係なのではないか。しかし、そんなことがありうるものだろうか。同級生たちは怪しみ、戸惑っている。

（何しろ、僕だからな……）

授業中も、想星はどうしても気になって、何回か、いや正直、十回以上——というか三十二回も、白森に視線を送ってしまった。

その結果、何度か——正確には六回も、白森《しらもり》と目が合った。

一回目と二回目は、目が合ったな、と思った瞬間、互いにそらした。

三回目は、長かった。といっても三秒ほどだが、想星《そうせい》が耐えきれなくなって、先に目をそらしてしまった。

四回目は、その直後に起こった。

想星はやはり気になって白森の様子をうかがった。すると、白森はまだ想星を見ていた。それで、約五秒間、二人は見つめあった。先生が何か話しはじめたので、そうしてもいられなくなり、想星も白森も前を向いた。

五回目の白森は、両手で顔の下半分を隠していた。想星も、なんとなく右手で口のあたりを覆った。すると白森は、くっ、と噴きだすような仕種《しぐさ》をした。下を向き、懸命に笑いをこらえている白森を、想星は十秒かそこら観察していた。

六回目はとりわけ印象的だった。数秒間見つめあったあと、白森が口を動かしはじめたのだ。授業中なので、むろん声は出さなかった。口文字というのだろうか。白森は唇の形で想星に何かを伝えようとしていた。

それは四文字だった。

四つの音で構成される言葉を、白森は何回も繰り返していた。

やがて想星はぴんときた。

そ
う
せ
い

（ひょっとして、僕の名前……？）

想星が自分を指さしてみせると、白森は笑顔になってうなずいた。

（——白森さんは……人間か？）

想星としてはそう考えざるをえなかった。

（ホモサピエンスとは別種の——ていうか、別次元にかわいい生物なんじゃ……？）

想星のような者でも、動物の赤ちゃんなどは素直にかわいいと思う。まるっこく、ふわふわしていて、庇護《ひご》欲をそそる。まさしく、庇《かば》わないと、守ってやらなければ、と感じさせるような形状に、動物の赤ちゃんは進化したのだ。そのほうが親や同族に保護されやすい。成長して子孫を残す可能性が高まる。

（でも、白森さんは……？）

動物の赤ちゃんと白森の間に、どこか共通点があるだろうか。

丸みについてはなくもないと言えそうだが、何か違う。当然のことながら、毛むくじゃらでもない。

授業が終わって五分休みになると、想星《そうせい》はいたたまれなくなって自分の席を離れ、教室を出た。

トイレに直行したが、足したい用はなかった。すぐあとにした。

教室に戻るのは、まずい。

(……まずい……気がする……)

仕方なく、想星はあてもなく廊下を歩いた。いつの間にか速く歩きすぎていて、すれ違った生徒にぎょっとされ、減速したりしているうちに、五分休みが終わった。慌てて教室に戻ると、もう先生が来ていて、変に目立ってしまった。

自分の席に向かう途中、想星は白森《しらもり》が気になってしょうがなかった。

しかし、白森を見て、もし目が合ってしまったら。

(僕、動けんくなってしまうかもしらぬい……)

想星の脳内で言語が崩壊しようとしていた。どこにでもいる普通の高校生的な日常はどこに行ってしまったのか。そもそも、そんなものがどこかにあったのだろうか。想星にはもうわからない。見当もつかない。

(わっかんない……)

Ø4　DEMON HUNT

――ところで、悪魔の手を持つ男の噂《うわさ》を耳にしたことは？

その男はいつもウインドブレーカーの上下を着て仕事をするという。

ウインドブレーカーの色はだいたい黒で、白いラインが入っていることが多い。靴は黒か紺のスニーカー。その男はフードを目深に被《かぶ》って仕事場に現れる。

だから、ウインドブレーカーの男、と呼ばれることもある。

今日も男は黒いウインドブレーカーを着用していた。

夜道を歩く男に目をとめた者はほとんどいない。行き違った通行人の中に、男を記憶している者はまずいないだろう。

男はとあるビルの前で足を止めた。

その五階建てのビルは、一目でそれとわかるほど防犯カメラだらけで、いかにも物々しい。通りに面した正面の出入口はどう見ても自動ドアなのに、前に人が立っても開かない仕組みになっていた。

一分経《た》っても、二分経っても、ウインドブレーカーの男は開かずの自動ドアの前から動こうとしない。

約三分後、ようやく自動ドアが開いて、ジャージ姿でポケットに手を突っこんだ金髪の男が出てきた。

「何だ、てめえ」

金髪ジャージ男はウインドブレーカーの男を追い払おうとしたのだろう。恫喝《どうかつ》して立ち去らなければ、実力行使に踏みきることも辞さないつもりだったに違いない。

「何、黙ってんだ、コラ。てめえ、ここがどこだか知って――」

しかし、先に暴力に訴えたのはウインドブレーカーの男だった。

ウインドブレーカーの男が放った一発の右ストレートが、金髪ジャージ男の顎を打ち砕いた。折れた歯が血液と一緒に飛散し、金髪ジャージ男は開いた自動ドアの向こうへと吹っ飛んだ。

間髪を容《い》れず、ウインドブレーカーの男も自動ドアを通り抜けた。数秒後、自動ドアが閉まった。

金髪ジャージ男がぶちのめされた模様を防犯カメラがとらえていたので、ビル内はたちまち厳戒態勢に移行した。

そのビルは有名な広域暴力団の二次団体、報情会《ほうじょうかい》の事務所だった。この夜、組長、若頭以下、幹部たちが事務所に集まっていたのは、決して偶然ではない。ウインドブレーカーの男は、狙いすましてこの日時に襲撃を決行したのだ。

男の名は、望月登介《もちづきとうすけ》。

職業、人殺し。

その筋では、壊し屋、という異名で知られている。

最初に玄関ホールで望月を迎え撃ったのは、地元では鬼パイセンとして恐れられている二十代の暴力団員だった。鬼パイセンは空手とボクシングの経験者で、無駄に大声を出したりせず、俊敏なフットワークで望月に肉薄した。無言でいきなり顔面に連打を浴びせ、秒で戦意を喪失させるのが鬼パイセンのやり口だった。

「シッ、シッ……！」

鬼パイセンのジャブとフックは、ほぼ同時にヒットする。鬼パイセンのコンビネーション、マジパネェ。地元の後輩らが震え上がってそう噂《うわさ》するゆえんだった。壊し屋・望月も、これは避《よ》けられない。

避ける必要などなかった。

望月は鬼パイセンのジャブを右手で、フックを左手で、しっかりと受け止めた。

「——あぎゃっ……!?」

というか、鬼パイセンは秒で左右の拳を握り潰されてしまった。

望月がくずおれる鬼パイセンを踏み越えると、玄関ホールに詰め寄せた五名の暴力団員たちは尻込みした。

下っ端の金髪ジャージ男はともかく、鬼パイセンは若手きっての武闘派で、キレなくてもマジクソヤベェヤツと見なされていた。暴力団員ともあろう者、ブチギレれば人の一人や二人、余裕で殺《バラ》してしまえるようでなくてはお話にならない。だが、人間を冷静に殴り殺せるとなると、これはやや特殊だ。

鬼パイセンはその手の男だった。実は鬼パイセン、八年前に半グレを一人リンチの末に殺害している。身代わりとして、地元の後輩が少年院に送致された。

暴力団員たちの中で一人、勇気を振りしぼって進みでたのは、その後輩だった。

「て、てンめえ……！　よくも……！」

後輩は少年院を出ると髪を伸ばし、鬼パイセンに誘われて報情会《ほうじょうかい》に入った。義理堅くて肝が据わっているロン毛後輩は、鬼パイセンやその上役の暴力団員たちに可愛《かわい》がられていた。男を見せろ、というのが鬼パイセンの口癖で、ロン毛後輩もよく真似《まね》していた。

「うぉりゃっ……！」

男を見せるために、ロン毛後輩は望月《もちづき》めがけて跳んだ。しかし、ロン毛後輩渾身《こんしん》の飛び蹴りは炸裂《さくれつ》しなかった。望月がロン毛後輩の右足首を無造作に掴《つか》んだのだ。

「――はうあっ……!?」

ロン毛後輩の右足首は、炎天下で溶けかけたアイスキャンディーのように脆《もろ》かったのか。瞬時に骨まで握り潰されてしまった。

残る四名の暴力団員は完全に浮き足立って、イエエェ、ヒイィッ、アァーイィッ、ヌァハッ、といったような奇声を口々に発した。彼らも逃げられるのなら逃げたかっただろうに、壊し屋・望月がそれを許さなかった。

望月は暴力団員たちの右肩、左肩、首、そして頭部を、次々と握り潰した。望月にかかれば、人体などゆで卵同然だった。

絶命して無惨な死体になる暴力団員もいれば、死にかけて血の海でもがく暴力団員もいた。あっという間だった。玄関ホールは阿鼻叫喚《あびきょうかん》の巷《ちまた》と化した。

全身返り血まみれの望月がエレベーターへと向かう。血染めの手でボタンを押した。

もう一度、押す。

反応がない。

望月は非常階段へと足を延ばした。扉は閉まっている。施錠されていようと悪魔の手を持つ壊し屋には関係ない。ノブを引きちぎるようにもいで、そのへんに放る。望月は扉を開け、非常階段を上がりはじめた。

報情会の暴力団員たちにとって、この非常階段が主戦場となった。

もっとも、三階から非常階段になだれこんだ暴力団員七名は、いずれも望月に頭や首を握り潰された。物の十秒ほどで全滅した。

そこから望月は足を速めた。最上階の五階まで駆け上がると、ちょうど扉が開いた。

報情会事務所《ほうじようかい》の五階では、組長らが高級な寿司《すし》、天ぷら、すき焼きなどを囲み、酒を酌み交わしつつ、上位団体の内紛に関する重要な意見交換を行っていた。一般社会《シャバ》より刑務所暮らしのほうが長い歴戦の強者《つわもの》たちも、護衛として五階にいた。

護衛の筆頭は通称・マサカリのマサ。若かりし頃、マサカリで敵対組織の組長を斬殺したことがある。五十の坂を越え、毛髪が寂しくなった頭を剃《そ》り上《あ》げるようになっても、ときにはマサカリを持ち歩いてちらつかせる、凶暴きわまりない男だった。

このときも当然、マサはマサカリを手に先頭を切って非常階段に躍りこんだ。

「——すぇあ……！」

マサにしてみれば、扉を開けたらそこに望月《もちづき》がいた。出会い頭でも、即座にマサカリを振り上げ、すぐさま望月に叩《たた》きこもうとした瞬発力と獰猛《どうもう》さは、やはり尋常ではない。

しかし望月の悪魔の手は、蚊や蝿《はえ》でも払いのけるようにマサのマサカリをはたき落とした。マサの右手はしっかりとマサカリを握っていたのに。そのせいで、マサの右腕もマサカリごと持っていかれてしまった。

「おぶっ……!?」

望月に禿頭《とくとう》を鷲掴《わしづか》みにされなければ、マサは階段を転げ落ちていただろう。そうならずにすんだ。その代わりに、と言っては何だが、マサカリのマサは悪魔の手で頭を握り潰され、即死した。

望月が非常階段から五階の廊下へと足を踏み入れると、護衛の暴力団員三名が茫然自失《ぼうぜんじしつ》していた。彼らは勇んでマサカリのマサに続こうとしていたのだ。けれども、すっかり出端《でばな》をくじかれていた。

彼らは三人とも、不良少年時代から数々の修羅場をくぐり抜けてきた。目につく悪そうな者は皆、敵か味方だった。恐喝、窃盗、強盗、傷害、詐欺、密売、等々、犯罪のエキスパートである悪党のエリートたちが、恐怖よりも驚愕《きょうがく》に支配されていた。

「仕事とはいえ、これではねぇ……」

望月が口を開いた。ややハスキーだが張りがあって、よく通る声だった。望月の趣味は一人カラオケで、一見《いちげん》の客として入ったスナックで自慢の喉を披露することもあった。

「つまらんよ、あまりにも」

望月はそう言うと、右手の人差し指と中指を自分のほうへ曲げてみせた。

人間をやすやすと破壊する悪魔の手は、とくに大きくも小さくもない。厚みもごく普通だ。しいて言えば、指がやや太めだろうか。

「くそっ……！」

暴力団員の一人が、ベルトに挟んでいた自動拳銃を引き抜いた。その暴力団員は趣味と実益を兼ねて海外で射撃訓練を積み、実銃の発砲経験は豊富だった。おかげで射撃の動作はきわめてスムースだった。

Ｍ１９１１Ａ１、通称コルトガバメントの安全装置を解除し、両手でしっかりとグリップを握って肘を伸ばす。視線の高さに合わせて拳銃を構え、望月《もちづき》を狙ってリアサイトの凹《くぼ》みにフロントサイトを合わせる。右手の人差し指を引き金に掛けて引く。

銃口から銃弾が放たれ、銃声が鳴る。暴力団員から望月までの距離はわずか五メートルほど。銃弾の初速は時速約九百キロ、秒速にしておよそ二百五十メートルだ。とても躱《かわ》せるものではない。外れてくれることを神に祈るしかない。

望月は祈りを捧《ささ》げたのか。否だ。

神に祈る必要などない。悪魔の手が銃弾を握り止めるだろう。事実、そうなった。

「――なっ……!?　なぁっ……！」

暴力団員はぶったまげて絶叫しながらも、さらに引き金を引いた。Ｍ１９１１の装弾数は七発だ。すぐに全弾撃ち尽くした。弾が出なくなった。

望月が両手を開いてみせる。

右手から四発、左手から三発のひしゃげた銃弾がこぼれ落ちた。

「ちくしょう……！」

別の暴力団員が望月に突進する。手には短刀《ドス》。こうなったら体ごとぶつかっていって、望月の土手っ腹にこの短刀《ドス》をぶっ刺してやれ。思いきりはよかった。しかし、望月は短刀《ドス》を右手で、その暴力団員の頭を左手で、あっさり握り潰してしまった。

「甘いなぁ、きみたち」

望月は発砲した暴力団員と残りの暴力団員の頭部を続けざまに握り砕いた。

「……これはどうも、フラストレーションだねぇ」

血染めの悪魔の手を握ったり開いたりしながら、壊し屋が廊下を歩いてゆく。ドアがあると開けて中をのぞいた。三つ目のドアを開けたら、ソファーに囲まれたテーブルの上に、寿司桶《すしおけ》、天ぷらなどを載せた皿、酒瓶、グラス類が並んでいた。立派な応接室だ。サイドボードなどの家具はどれも高級品で、壁に絵画や書が飾られている。室内に人影はない。

応接室の奥に鉄扉がある。

望月はソファーに腰を下ろした。未使用の割り箸を手にとる。割り箸を割って、イクラの軍艦巻き、中トロと平目の握りを、素早く口に放りこんだ。

「……ん。いまいち」

望月は割り箸を握り潰して立ち上がった。鉄扉に歩み寄る。

「報情会《ほうじょうかい》のイワタリ会長ぉー」

右手で鉄扉を叩《たた》く。人間の頭蓋を軽々と破裂させ、銃弾を防いでもびくともしない悪魔の手だ。叩かれるたびにとんでもない音を立てて鉄扉が凹む。

「マシラカワ若頭ぁー。クナザワ副会長ぉー。ヌマハマ本部長ぉー。中にいらっしゃるんでしょおぉー。ねぇー。出てきなさいよぉー」

望月《もちづき》は両手で鉄扉を叩《たた》きはじめた。

「この建物、防音がしっかりしているから、ご近所さんが通報する可能性は低いでしょうしねぇー！　かといって、あなたがたが警察を呼ぶわけにもいかんでしょぉー！　天下の報情会《ほうじょうかい》が、警察に助けてもらうわけにはねぇー！　でも、立て籠もろうったって無駄ぁー。無駄ぁー！　無駄なんですよぉー！　おぉーい！　あっ……」

とうとう鉄扉が耐えきれなくなり、あちら側に倒れた。

望月はため息をついてその部屋に踏みこんだ。広さは六帖《じょう》ほどで、防犯カメラの映像を確認できるディスプレー、金庫、冷蔵庫などもある。隅で身を寄せ合う四人は、いずれもアルマーニやイヴサンローランといった高級なスーツを身につけ、髪や髭《ひげ》をきっちりと整えていた。四人とも拳銃を手にしているが、望月に銃口を向けた者は一人もいない。男たちはただただ震えていた。

「なな、なんっ、何なんっ、だっ、貴様っ……」

白髪で一番年嵩《としかさ》の男が口角に白い唾を溜《た》めて言った。

望月はウインドブレーカーのフードを外した。壊し屋のヘアスタイルは七三分けだった。お堅い企業の部長か課長あたりを思わせる顔立ちだ。

「六年前、あなたがたは共謀して、アテガワ・ミツルという男を拷問の末、殺させた。覚えがあるでしょう」

「……アテガワ？」

　年嵩の男が、四人中もっとも若い五十絡みの男と目配《めくば》せを交わした。五十絡みの男は心当たりがあるようだ。

「うちのショバ荒らしてたシャバゾウです。本職でもねえのに、さんざん好き勝手やりやがって。いいかげん示しがつかねえってんで、殺《バラ》して例のプラントで処理した……」

「ああ、あのガキか！　アテガワ……たしかにそんな名だったな、言われてみれば……」

「じつは、そのアテガワ・ミツル氏の親御さんからの依頼でしてねぇ」

　望月は音もなく五十絡みの男に肉薄し、悪魔の手で頭を握り潰した。

「ひどく手のかかる暴れん坊だったようですが、それでも親にとっては目の中に入れても痛くない最愛の息子だったんでしょうなぁ。八方手を尽くして死の真相を突き止め、何がなんでも仇《かたき》を討ちたいとのことで――」

「……ヌ、ヌマハマァ！」

　年嵩の男が叫び、あとの二人がようやく望月に銃口を向けた。二人はほぼ同時に発砲した。どちらの銃弾も、吸いこまれるようにして悪魔の手に収まった。望月はそのまま銃弾ごと、左右の手で二人の頭を一つずつ握り潰した。

「楽しそうな仕事以外は受けたくないんですが、五億積まれたので断りきれず。足川光流《あてがわみつる》氏のお父上は、たいそうな資産家だったんですなぁ。ご存知《ぞんじ》でしたか、イワタリ会長？」

「……ご、ごおっ、ごっ、五億……」

白髪のイワタリ会長はへたりこんだ。この期に及んで逃げようとしているのか。両足で床を蹴っているが、イワタリ会長の後ろは壁だ。後退する余地すらない。

「たっ、たのっ、頼む、かかかっ、金なら出す……！」

「ふむ？」

「ご、五億五千万！　いや、六億！　六億払う！　だから、助けてくれ！　殺すな！」

「なるほどぉ」

望月《もちづき》は右手をのばしてイワタリ会長の白髪頭を掴《つか》んだ。握り潰す前に、壊し屋はイワタリ会長の顔面を自分のほうへと引き寄せた。

「舐《な》めないでいただきたい。金次第で転ぶ殺し屋は二流以下ですよ？」

「じゅっ――」

イワタリ会長は最後に何を言おうとしたのか。言い終える前に、悪魔の手が白髪頭を握り潰してしまった。

望月は両手をぶらぶらと振った。手指についた血や脳漿《のうしょう》などが飛び散った。

「五百億なら考えんでもないですが。五十億でも悩むかな」

望月は笑いながら部屋を出た。

「冗談。冗談ですよ。冗談……」

応接室のドアが開いていて、戸口に若い男が立っていた。タクティカルベストを着ている以外は、そのへんにいる若者と変わらない風体だ。

いや、そのへんにいる若者は銃を構えていたりはしないだろう。

しかも、拳銃ではない。短機関銃だ。

望月は目を瞠《みは》った。

「おう……」

高良縊想星《たからいそうせい》はどこにでもいる普通の高校生になりたかった。

悪魔の手を持つウインドブレーカーの男、血みどろの壊し屋に向かって短機関銃ルガーMP9をぶっ放すような暮らしは、生まれてこのかた一度も望んだことがない。

「おっ、おっ、おっ、おっ、おっ、おっ……！」

壊し屋こと望月登介《とうすけ》が、毎分五百五十発以上の速度で発射される9㎜パラベラム弾を、素手でどんどんどんどん掴みとってゆく。そんな光景を見せつけられて、想星は心底、嫌気がさしていた。

（あの壊し屋相手に、自動拳銃じゃ太刀打ちできそうにないから、わざわざ短機関銃まで用意してきたってのに……）

四秒足らずで三十二発ぶっ放し、弾倉が空になった。想星《そうせい》は素早く予備の弾倉に交換する。ふたたび撃ちはじめたときには、望月《もちづき》は寿司《すし》だの天ぷらだのを満載したテーブルに跳び上がっていた。

「ヌァハハァーッ……！」

想星は下がりたい気持ちを抑えて踏み止《とど》まり、射撃を続ける。

悪魔の手。想星も話には聞いていた。だが、聞くのと実際に見るのとでは大違いだ。望月の両腕が高速で動いているのは、かろうじてわかる。でも、どのように動作しているのか。正直、さっぱりわからない。とにかく、望月の頭や胸、腹などをいくら撃っても無意味だ。すべて防がれてしまう。どうやら悪魔の手が銃弾をキャッチしているらしい。

想星は二つ目の弾倉三十二発、その最初の数発を胸あたりに放つと、銃口を下げて残りの弾で膝から下を狙うことにした。望月は標準体型で、腕の長さも普通だ。悪魔の手が届かないところなら、弾が当たるかもしれない。

（――って、あの腕、伸びるのか……!?）

結論から言えば、数発がテーブルや寿司桶を撃ち抜いただけで、望月は一発も被弾しなかった。

想星はＭＰ９の弾倉を交換しようとした。その途中で望月が飛びかかってきた。視界がほとんどふさがれた。望月の右手だ。顔面を鷲掴《わしづか》みにされた。

「アッ――」

想星《そうせい》は頭蓋から脳まで握り潰され、即死した。


(――……あっさりマイナス1……)


生き返っても、想星はすぐには目を開けずにじっとしていた。耳を澄ましてみる。状況を把握しなければならない。どうなっているのか。

想星は床に横たわっている。手には何も持っていない。短機関銃MP9は殺されたときに落としてしまったようだ。

望月《もちづき》はどこにいるのか。静かだ。ここは応接室。おそらく戸口付近だ。死んだままなら。望月が想星の死体を引きずって移動させていなければ。望月がそんなことをする可能性はあるだろうか。

想星は目を開けた。

七三分けの男が目をぎょろつかせて見下ろしていた。

「――っ……!」

想星はタクティカルベストから自動拳銃を抜こうとした。MP9以外にもルガーLC9を持ってきている。

しかし、想星が銃を抜く前に望月が動いた。望月は左右の手で想星の両腕を掴《つか》んだ。悪魔の手にかかれば、想星の腕など煮崩れる寸前の大根と変わらない。二の腕のあたりだった。望月は想星の両腕を握り潰した。

「――あ、ぐっ……」

「これは驚いた！」

望月はすかさず右手を想星の首にかけた。

「すごい！　すごいなぁ、これは！　初めて見た！　殺したのに！　死んだのに、元に戻った！　すごい！　もう一回やったらどうなる!?　やってみよう！」

「かぁっ……」

想星が声を出したのではない。声のような音が勝手に出た。喉というか、首を握り潰されたらしい。つまり、想星は胴体から頭が切り離されるような恰好《かっこう》になった。切り離す、というほどきれいな状態ではなかったが。

即死ではなかった。一秒かそこらは意識があった。

（……これ、最悪……――）

「おおっ！」

望月《もちづき》の声が聞こえて、想星《そうせい》は生き返っていることを知った。次の瞬間には、たぶん頭を握り潰された。

想星は即死した。

連続死。本来ならありえないが、想星は似たような経験がないわけではない。生き返ったという実感はまだなかった。その時点でしゃにむに跳び起きようとした。起き上がろうとしたところで、望月の左右の手が想星の頭をサンドイッチした。

「ハハァーッ……！」

望月は笑っていた。想星はやはり即死した。

次はとにかく何かを掴《つか》もうとした。想星は生き返り、両手を動かすことはできたが、望月の悪魔の手によって頭を粉砕された。今度も望月は笑っていたような気がするが、よくわからない。即死だった。

「これスゲェエエーッ……！」

望月の裏返った歓声が聞こえて、想星は頭を叩《たた》き潰《つぶ》された。また即死した。

「――面白いなぁ」

生き返った途端、想星は左右の肩、それから右腿《もも》、左腿の順番で望月に握り潰された。

「ぬ……ぁっ……っっ……」

「面白いねぇ、きみ！　すごい体を持っているねぇ！　これいったい、どうなってるんだい、きみぃ……！」

望月は想星に馬乗りになった。両手で首を絞める。いや、絞めてはいない。悪魔の手は加減が利くようだ。想星は喉を圧迫され、いくらか息苦しいだけだった。

(……息は、できても……両腕、両脚、壊されちゃってるし……)

「ねぇ！　教えなさいよ！　きみは同業者だよね!?　あれかい!?　私の仕事を嗅ぎつけて、現場で襲撃してやろうと!?　ワハハッ！　いいねぇ、いいよ、きみぃ！　こんなつまらん金だけの仕事でも、こういうおまけがあるなら悪くない！　嬉《うれ》しいサプライズだねぇ！　きみ、名前は!?　きみの名を知りたいものだよ！　これはどういうチートなんだい!?　いっそのこと、きみと友だちになりたいものだねぇ！　きみのような相手となら友情を育めそうに思うよ！　若干年の差はあるかもしれないが、私は気にしないからさぁ！　この素敵な出会いにカンパーイ！　まずはお友だちから始めようじゃないかぁ!?」

「……ま、まずは、て、手を、放せ……よ」

「おうっ！　これは失礼した！」

望月《もちづき》は想星《そうせい》の首から両手を離した。ただし、一瞬だった。すぐさま手を戻した。

「ウワハハッ！　嘘《うそ》、嘘、冗談だよぉ！　私はきみを過小評価していないからねぇ、妙な真似《まね》をしたら遠慮なく殺させてもらうよ！　でも、私はきみと話したい！　すまないが、このまま話してくれたまえ！」

（……くそ。甘くないな。……しょうがない。使うか）

想星は右側の奥歯、上の第二臼歯と下の第二臼歯を、思いきりこすり合わせた。上の奥歯を下の奥歯にねじこむようなイメージだ。

歯の中に埋めこんだものは想星の一部ではない。異物だ。生き返った際、どうしてそのまま残っているのか。想星にもわからないが、とにかくそうなることは実証済みだ。使えばなくなる。一回きりだ。それも判明している。

下の第二臼歯に埋めこんだ小型の爆薬が起爆した。頭が吹き飛び、想星は即死した。


（――……こんな、仕事……！）

生き返ると、応接室には煙と粉塵《ふんじん》が立ちこめていた。電気が消えている。廊下は明るい。望月は廊下だろうか。足音が聞こえる。想星は起き上がった。タクティカルベストは収納していた武器ごと消し飛んで、衣類もとくに上半身はほとんど残っていない。

床に日本刀が落ちている。サイドボードの上に飾られていたものだ。想星は日本刀を拾って廊下に飛びだした。

望月がよろめきつつ非常階段のほうへ向かっている。振り向いた。七三分けは乱れているが、顔は無事だ。とっさに悪魔の手で庇《かば》ったのか。しかし、腹から腸《はらわた》がこぼれている。

「助かる傷じゃないだろ……！」

想星は望月を追いかける。途中、首のない暴力団員の死体がベルトに挟んでいた拳銃を抜きとった。望月は非常階段に転がりこむと、ドアを閉めた。

「往生際が……！」

想星はドアを開けた。望月は階段を下りていなかった。すぐそこで待ち構えていた。

「ハハァーッ……！」

(――だと思ったよ！)

想星は自動拳銃をぶっ放した。由緒あるコルトガバメント。装弾数は七発だ。

「おっ、おっ、おっ、おっ、おっ、おっ……！」

悪魔の手が七発の銃弾をすべて掴《つか》み防ぐ。腸がはみ出ているのに、望月は嬉々《きき》としていた。凶気じみている。

想星は日本刀の鞘《さや》を払った。鞘を捨てて望月との距離を詰め、鋭く斜めに日本刀を振り下ろす。

「フンッ……！」

望月《もちづき》の右手が日本刀を握り潰した。かまわず想星《そうせい》は望月めがけて突っこんでゆく。

「──馬鹿めぇ……！」

望月は両手で想星の頭を挟み潰した。想星は即死した。

(──……一応、織りこみ済みではあるんだけど……！)

生き返ると、想星は望月と絡み合うようにして階段を転げ落ちていた。

「うぉうぉうぉうぉう……!?」

わめく望月の腸《はらわた》を、想星は必死に引《ひ》っ掴《つか》む。

「ガガガッデームゥ……！」

(なんで英語──)

そう思ったときには、悪魔の手が想星の頭を粉砕していた。


(──……ひどい仕事だ)

想星は生き返った。両手は望月の腸を掴んだままだった。というか、想星の手指に望月の腸が巻きついている。簡単には離れそうにない。階段の踊り場で、望月が想星の下敷きになっていた。想星は渾身《こんしん》の力をこめて望月の腸を引っぱった。

「死ねよ……！」

「うぅう……おあぁぁ……うぉおおぉ……っ……！」

望月は息も絶え絶えだ。それでも、悪魔の手が震えながら想星に迫ってくる。

「あぁ、くそ……！」

想星は腸を引きずり出すのをやめた。両手を望月の体内にぶちこむ。どれがどの臓器だかよくわからないが、めちゃくちゃにしてやる。

その瞬間、望月の右手が想星の顎を引きちぎった。同時に、望月の左手が想星の右肩を握り潰す。

「っっっっっ……！」

想星は言葉にならない声を放ちながら、望月の体内を引っかき回した。

「おぼぉっ、やぼっ、とぉっ……そぉぉ……──」

程なく、想星の体の中心あたりで、とくん……という、独特の音が響くような感覚があって、望月登介《とうすけ》は動かなくなった。壊し屋の恐るべき悪魔の手も、ぴくりともしない。念のため、想星は望月の心臓が止まっていることを確認した。それから立ち上がった。

「……っぉ……ぉっ……」

下顎がごっそりむしりとられているので、言語を発することができない。右肩が潰されたせいで、右腕はかろうじて皮一枚で繋《つな》がっている。それも、ぼとりと落ちてしまった。

（痛《い》ってぇ……）

想星《そうせい》は望月《もちづき》の死体をじっと見つめた。

（悪魔の手――悪魔と契約して、魂と引き換えに手に入れたとか……望月が、悪魔から無理やり奪いとった腕で……望月本人が死んだら、悪魔が取り返しに現れる、とか……噂《うわさ》は色々あったけど……）

どうやら、変わったことは何も起こりそうにない。

激痛で気が遠くなりそうだ。想星はあたりを見回した。踊り場の端のほうにマサカリが転がっている。望月に殺された暴力団員が持っていたものだ。

想星は左手でマサカリを拾った。もう立っていられない。階段に座って、マサカリの刃を一度、額に押しあてる。

（……九回も、死んだ）

想星はマサカリを額から離した。ありったけの力で、マサカリを自分に向かって振る。そうしながらマサカリめがけて頭を突きだした。

（これで十回――……）

Ø5　何がそんなに嬉《うれ》しいのか教えておくれよ

想星はそれとなく白森明日美《しらもりあすみ》の席のほうに視線を向けた。

白森は想星のほうを見ていなかった。授業中だ。四六時中、想星のほうに顔を向けているわけにはいかない。

（……がっかりするな、僕）

想星は自分にそう言い聞かせて黒板に目をやろうとした。その矢先だった。

白森がチラッと想星を見た。

一度見てから約二秒置き、もう一度、想星を見たとき、白森は含み笑いをしていた。

そのあと、白森はあさっての方向に目をやった。明らかにわざとだ。いたずらを仕掛けている。明確にそれとわかる仕種《しぐさ》だった。

次に目線を送ってきたときは、もうチラ見ではなかった。

白森はちょっとだけ口を尖《とが》らせ、わずかに頭を揺らしながら、想星を見つめている。

（かっ――霊長類カワイイ科の生き物か……？）

想星は机の上で両手を握り合わせた。歯を食いしばり、両目のあたりに力を入れる。こうして懸命に自制しないと、まずい。叫んでしまいそうだ。一暴れしかねない。

教室にいると、常に白森《しらもり》を視界の中に収めていないと気がすまない。

授業と授業の合間など、白森は同級生たちに話しかけたり、話しかけられたりして、おしゃべりをしたり、スマホで写真やら動画やらを見せ合ったり、笑ったり、とにかく一瞬たりとも静止していない。

白森が楽しそうにしていると、何かあたたかいもので想星《そうせい》の胸が一杯になった。

しかし、そうしてあたためられた胸がすぐにざわつきはじめる。

そのうち、居ても立ってもいられなくなる。どうも教室に留《とど》まるのは得策ではないような気がしてくる。

(何なんだ、この気持ちは……)

想星は席を立って教室を出た。

(トイレに……いや、でも、用を足したいわけでもない……)

とくにあてがないので、水飲み場で水を飲むことにした。水を一口だけ飲んで蛇口を閉めると、何者かが近づいてくる気配を感じた。目で見て確認する前に、想星はそれが誰なのか、はっきりとわかった。

†

（──僕は……）

そのとき、想星は気づいたのだった。

（教室で、いつもどおりみんなと盛り上がってる白森さんに、一抹の寂しさみたいなものを感じて──ていうか、嫉妬、してた。それで僕は、教室を出て……白森さん、来てくれないかなって。僕がいないことに気づいて、捜しに来てくれたりしないかなって。ほんのちょっとだけど、僕は──期待……してた……？）

「そぉーせぃっ」

白森が想星の肩を叩《たた》いた。

「はぅっ……!?」

想星は息をのんだ。白森の接近は察知していた。白森に肩を叩かれたことに、想星は驚いたのだった。

「──しっ、あっ、しらっ、あっ……」

危うく彼女を、白森さん、と呼んでしまうところだった。

「あ、明日美《あすみ》っ……」

「うぅ」

「ええっ!?」

「まだ慣れない」

白森《しらもり》は両方の頬を左右の手でぺちぺちと叩《たた》いた。顔が赤らんでいる。

「あぁ、でも、すごい嬉《うれ》しい」

「……そ、そお……です、かに……」

「かに？」

白森は首を傾《かし》げた。両手の人差し指と中指を立てて動かしてみせる。

（……カ、カニさんポーズ……）

ちょっとした言い間違いが白森にカニさんポーズをさせるに至ったのか。だとするなら、それもまた悪くないだろう。想星《そうせい》としてはそう思わずにいられなかった。

「か、かに、じゃなくて、かね、かな。かな、でもよかったのかもしれないけど……」

「そうですかな？」

「……変、ですかね」

「変かも」

白森はくすくす笑いながら、右手の人差し指で想星の右胸をつついた。

「やばっ。想星、面白っ」

「……い、いやあ、そんなことは……」

「あと、ね。なんかね」

「な、何でしょう」

KANIKANI

「かわいい」

白森《しらもり》は下を向いてもじもじした。上目遣いで想星《そうせい》を見る。

「……やだったりする？　かわいいとか言われるの」

「いえっ？」

想星は慌てて首を横に振った。

「……い、いやでは、ない……よ？」

「ほんとに？　無理してない？」

「し、してない。言われたこと、ないけど……」

「初めて言われた？」

「う、うん」

「そっか。あたしが初めてなんだね」

「……です、ね」

「いぇーい」

白森が右拳を突きだしてきた。想星は目を白黒させた。

（な、何？　どどっ、どうすれば……？）

パニクりながらも想星は懸命に正解を追い求め、白森の右拳に自分の右拳をそっと接触させた。

「初めて記念」

白森はそう言ってにこっとした。

（……正解——だった……？）

想星はその場にへたりこんでしまいそうだった。

「あのね」

間髪を容《い》れず白森が少し身を屈《かが》めて顔を近づけてくる。想星はのけぞりそうになった。

「……は、はいっ？」

「お昼」

「ひるっ？」

「お話したいなって。お昼ごはんのあと」

「……あぁ。それは……はい、よ、喜んで」

「渡り廊下で」

白森が今度は右手の小指を差しだしてきた。

想星は全自動約束マシーンと化したかのように、白森の小指に自分の小指を絡めた。

（指、やわらかっ。あと、ちっさっ……）

白森は女子の中では高身長で、想星よりほんの少し低いだけだ。脚など明らかに想星より長い。とはいえ性別が違うわけで、体格が異なる。手足は想星のほうがだいぶ大きい。

それにしても、白森《しらもり》の細い指はまったく骨張っていなかった。いくらか冷たく、微《かす》かにしっとりしていた。

†

午前中の授業が終わると、想星《そうせい》は登校中にコンビニで買ったサラダチキンとエナジーバーを持って、素早く教室を出ようとした。出入口のところで、ワックーこと枠谷光一郎《わくやこういちろう》に呼び止められた。

「高良縊《たからい》、高良縊！」

想星は聞こえなかったことにして無視しかけた。廊下に出てから思いなおした。

（……無視はまずいだろ）

廊下で待っていると、ワックーが駆けてきた。

「ちょいちょいチョイーー！　何、何、何？　あれ、高良縊、教室で食わんの？」

「……あ、うん、ちょっと、そうだね、今日はなんとなく……」

「へえ、そうなんだ？」

想星が歩きだすと、ワックーはついてきた。

「訊《き》いていい？」

「……何？」

「高良縊さ」

ワックーは咳払《せきばら》いをし、あたりを見回した。それから肩を組んできて、想星の耳許《みみもと》で囁《ささや》いた。

「あすみんと付き合ってる？」

（これ──って……）

想星は前方だけを見すえて、ワックーに肩を組まれたまま歩きつづけた。

（……言っていいのか……な？　どうなんだろ。べつに、秘密にしよう、みたいなのはないし。でも……胸を張って言うようなことなのか……な？　だけど、嘘《うそ》つくのも。白森さんは隠そうとしてる感じとか、ないわけだし……──）

「……うん」

想星は考えたあげく、うなずいた。

「やっぱり？　だよなぁ！」

ワックーは顔をくしゃくしゃにして笑った。

「なんか、憶測で騒ぎたてるみたいな？　そういうのはしたくないしね。や、でも、あすみん、いいよね。いいって、違うよ？　俺もいいと思ってたとかじゃなくて。何だろ。とにかく、いいと思うんだよな。うん。そっか、そっか。わかった。なんか、ごめんな？」

「……いや。ぜんぜん」

「それだけ！」

ワックーは想星《そうせい》の背中をぽんぽん叩《たた》いて離れると、敬礼のような仕種《しぐさ》をした。

「チョイーッ！」

思わず想星も、敬礼のような仕種を真似《まね》た。

「チョイー」

「おっ！」

ワックーは片目をつぶって親指を立ててみせた。教室に向かって走ってゆく。

想星はしばらく立ちつくしていた。

(……初めて、チョイーできた)

†

高良縊《たからい》想星はどこにでもいる普通の高校生になりたかった。

(昨夜、望月《もちづき》をしとめるのに、十回も死んだ僕が――)

昼休みの生徒たちが行き交う渡り廊下で、想星は同級生の白森《しらもり》明日美《あすみ》と横並びになり、会話らしきものを交わしていた。

あくまで、会話らしきもの、でしかない。

想星はろくに言葉を発していなかった。矢継ぎ早に話す白森に対して、へえ、とか、ふうん、と言ったり、ああ、とか、うん、とうなずいたり、なるほど、と返したりするのがやっとだった。

白森は話しても話しても話題が尽きないらしい。誰がどうしたとか、何とかという人がこんなことを言って、それがどういう波紋を呼んだとか、ユーチューブの何とかという動画がどうしたとか、ティックトックの何がどうだとか。大半は想星にとって未知の事柄だった。人はこうも次々と色々な話ができるものなのか。想星はいたく感じ入っていた。

「あっ、ごめん、あたしばっかり話しすぎじゃない？」

「いや！　そんな、ぜんぜん！」

「うわぁ、ちょっと汗かいちゃった」

白森は左手で襟ぐりを引っぱり、右手で自分の顔をぱたぱた扇《あお》いだ。たしかに白森は少し汗ばんでいた。午後の日射《ひざ》しが白森の汗を輝かせている。

（……汗、かくんだ。あたりまえか）

「ね、想星はさ」

「はいっ!?」

「放課後とか、どういうとこ行ったりする？」

「え、ほ、放課後？」

「うん。遊びにとか？　買い物？　とか？」

「あぁー……」

想星《そうせい》は腕組みをして頭をひねった。

（……あそ——ばないしな。買い物……は、まあ、しないこともないけど……）

ひねりにひねった想星の頭には、最寄りのショッピングセンターの名前しか浮かんでこなかった。

「イオン、とか……？」

「あたしもけっこう行く。結局、何でもそろうよね」

「そう……だね。不足はないというか」

「ないない。ご飯も食べられるし」

「あぁ、フードコートとか……」

「行く！　こないだモエナと行った！」

モエナというのは茂江陽菜《しげえひな》という同級生だ。名字をもじって、モエナ、モエちゃん、などと呼ばれている。

「しっ——あ、明日美《あすみ》、茂江さんと、仲いいもんね」

「あぁっ！　今、白森《しらもり》って言いそうになった！」

「……ご、ごめん」

「むー」

白森が頬をふくらませた。想星は倒れそうになった。

（……むっとした顔がかわいいとか。もう、いっそのこと、ずっとむっとしててもらってもかまわない……）

「じゃ、明日美って十回言って」

「――へっ」

「罰ゲーム！」

「あ、えと、うん……」

想星は正確に十回、明日美、と呟《つぶや》いた。白森の目を見ることはできなかった。

（恥ずかし……）

それじゃ、と白森が自分を指さした。

「これは？」

思わず想星は、白森の顔をまじまじと見つめてしまった。

「……明日美」

「ぴんぽーん！」

白森は指を折りながら、想星の名を口にした。

「想星《そうせい》、想星、想星、想星、想星、想星、想星、想星、想星、想星」

十回言い終えると、白森《しらもり》はじっと想星の目をのぞきこんできた。白森が何を期待しているのか、想星にはわかった。

「……これは？」

想星が自分を指さすと、白森はにやけた。何かとてつもなく喜ばしい、特別な出来事でも起こったかのようだった。

「想星」

白森はただ想星の名を呼んだ。それだけだった。

(……それだけなのに、何かとんでもなく嬉《うれ》しいのはどうしてなんだろ)

初めのうち、想星は通りかかる生徒たちの目が気になって仕方なかった。いつの間にかどうでもよくなっていた。

(なんでだろ……)

「そうだ、想星」

「――っ!?　な、何……？」

「放課後、イオン行かない？」

「……ほうっ――」

想星はとっさに右拳を自分の顎に押しあてた。

（もちろん、行きたい——けども。放課後か。放課後にイオン。白森さんとイオンかぁ。何するんだか、さっぱりわからないけども。でも……とくに何もしなくたって、白森さんと一緒なら……——）

「どう……かな？」

白森の声が不安げに揺れた。想星は胸が疼《うず》いた。

（昨夜、十回死んで、一人殺した僕が、放課後、白森さんと——）

Ø6 SUDDEN DEATH

高良縊想星《たからいそうせい》はどこにでもいる普通の高校生になりたかった。

(仕事さえなければ——)

午後八時前、標的が職場のビルから出てきた。

想星は通りを挟んだ斜向《はすむ》かいのビル付近で見張っていた。黒縁の眼鏡をかけてリュックサックを背負った標的が、駅のほうへ歩いてゆく。想星も歩きだした。

「姉さん、標的が退社。移動します」

『了解』

イヤホン越しに姉が答えた。

(仕事がなければなぁ。白森《しらもり》さんと放課後、イオンに……)

想星はため息をついた。

『想星?』

「……はい?」

『今、どうしてため息を?』

「……つきました? ため息? 僕が? ため息を? 本当に?」

『ついたわ。確実に』

「ええ？ そうですか？ ため息？ へえ？ 気づかなかったな……」

『私が聞き違えたとでも？』

「すみません。ため息つきました。仕事が立てつづけで、疲れてるのかな……」

『気を引き締めなさい』

「はい、姉さん。ごめんなさい」

想星は小声で姉に謝罪しながら、通りの向こうの標的を尾行する。

（……つらかったなぁ。断ったとき。白森さん、がっかりしてた。それなのに、こっちこそいきなりだったしごめん、とか、逆に謝らせちゃって。どれだけ性格いいんだよ。聖人か？ 聖女かな？ 外見も中身も完璧か？ くそう。僕は最低だ……）

標的の名は恩藤伊玖雄《おんどういくお》。年齢は三十七歳だが、こざっぱりとしたマウンテンパーカーにチノパン、トレッキングシューズ、街中でも浮かないリュックサックという出で立《い　た》ちもあってか、もっと若く見える。身長は百六十八センチ。小柄だが、日本人の中ではとりわけ背が低いというわけでもない。

勤務先は主にシステム開発を請け負う会社で、恩藤はシステムエンジニアらしい。いわゆるSEだ。

（SEって何してる人って訊《き》かれたら、僕には説明できないけど……）

高給取りでも、困窮するほどの低収入でもない。姉の調査によると、恩藤《おんどう》は投資に手を出しているが、預金代わりのようだ。アウトドアや飲み歩いたりするような趣味もなければ、パチンコや競馬などのギャンブルもしない。結婚歴はなく、独身だ。誰かと交際しているような気配もない。高層マンションに住む両親と同居しており、孤独ではない。

恩藤は玉町《たままち》の駅に入っていった。恩藤が通勤でいつも利用している地下鉄の駅だ。想星《そうせい》も十メートルほど距離をあけて恩藤に続いた。

『想星、どう?』

「駅に入りました。どうって言われても……」

『変わったことはない?』

「今のところは。……普通なんだよな」

『めずらしいタイプね』

恩藤はエスカレーターではなく階段を使う。想星も階段を選んだ。標的の後ろ姿を追いかけて階段を下りてゆく。

「……?」

途中で何か気になった。しかし、今は標的を尾行中だ。想星は足を止めなかった。

恩藤はとくに急ぐでもなく階段を下りている。異変はない。

(何だ……?)

想星は恩藤を視界に収めたまま、あたりに目を配った。

(――あの制服……)

エスカレーターはそこそこ混みあっている。列の中に制服姿の女子生徒がいた。制服からすると、想星と同じ学校の生徒らしい。マフラーを巻いている。その女子生徒は想星から見て下のほうにいる。このまま想星が階段を下りていったら、追い抜く形になりそうだ。

(玉町ってオフィス街だし、うちの学校の生徒が――って、微妙に変だな)

変装というほどではないが、想星は私服で伊達《だて》眼鏡を着用している。

(高校生はこの駅でも何人か見かけた。絶対ないとは言いきれないけど……)

標的の恩藤は間もなく階段を下りきる。

(ていうか――なんか、見たことある、ような……)

あの髪型。体型。見覚えがある。

エスカレーターに乗っている女子生徒を追い越す瞬間、素早く横顔を確認した。想星は心拍数が急激に上昇するのを感じた。仕事中なので、どうにか平静を装った。

(……羊本《ひつじもと》さん)

想星は階段を下りきった。振り返って、女子生徒の顔をもう一度、確かめたい衝動に駆られた。抑えるのに苦労した。

『想星《そうせい》？　どうかしたの？』

「……どうもしませんけど。なんでですか？」

『なんだか集中していない気がするわ』

「してるつもりですけど……」

恩藤《おんどう》が改札を通過しようとしている。スマホを出して自動改札機にかざした。想星もスマホを取りだして改札を通り抜けた。

恩藤はホームで列車が来るのを待っている。恩藤だけではない。羊本《ひつじもと》も次の列車に乗ろうとしているようだ。

(恩藤は――羊本さんも、僕には気づいてないみたいだ)

やがて列車が来た。

想星は恩藤と同じ車両に、別の乗車口から乗った。羊本は恩藤と同じ乗車口から、だいぶ遅れて乗りこんだ。

(……気が散る)

どうしても羊本が気になってしまう。

羊本はこの車両の端っこあたりに立っている。いつも嵌《は》めている手袋。ストッキング。どこからどう見ても羊本だ。間違いない。

恩藤は乗車口の近くで吊革《つりかわ》に掴《つか》まり、スマホを見ている。

想星は恩藤から五メートルくらい離れ、吊革に掴まらずに立っていた。スマホを見るふりをしつつ、恩藤の、そして羊本の様子をうかがっている。

『どう？』

姉がまたイヤホン越しに訊《き》いてきた。

「……とくには、何も」

『恩藤はわかっているだけで、二十六件もの自殺現場に居合わせているのよ。偶然なんてありえないわ』

「僕もそう思いますけど」

恩藤伊玖雄《いくお》は特殊な標的だ。依頼の内容も、ただ抹殺すればいいという通常のものとは違う。

姉が言ったように、恩藤は異様なほど多くの自殺者を目撃している。監視カメラの映像や、相当数の証言者がいるので、その事実は間違いない。

しかし、裏を返せば、それだけなのだ。

恩藤の目の前で、少なくとも二十六人の老若男女が、飛び降り、飛びこみ等々の方法で命を絶った。それ以上、それ以外の事実は認められていない。

ただ、二十六人すべてが、遺書のようなものを残すでもなく、動機不明で、突発的な自殺と見なされている。

また、恩藤《おんどう》は何度か目撃者として警察の事情聴取を受けている。その中には、たまたま同じ警察官が調書をとった例も含まれる。

実は、自殺ではなく他殺なのではないか。二十六人は自殺者ではなく、恩藤に殺された被害者なのではないか。

遺族の一人が、金と時間を費やし、執念深い調査と推理の果てに、そんな疑いを抱くに至った。

恩藤が殺した証拠は何一つとしてない。

もっとも、想星《そうせい》のような仕事をしている者ならよくわかっているが、証拠を残さずに人を殺すのは決して不可能ではない。ある種の人間にとっては造作もないことだ。

仮に恩藤が犯人だとしても、司法で裁くことはできないだろう。だからといって許されるものではないし、野放しにはしておけない。

想星の仕事は、恩藤が犯人であると確認すること。そして、確認でき次第、恩藤に報いを受けさせる。もし自殺に偽装して二十六人、それ以上の人命を奪っているのなら、恩藤にはせめて死んでもらわなければならない。

(……でも、こういうのは苦手だ。正直、めんどくさい……)

車掌《しゃしょう》が次の駅名をアナウンスした。列車は減速している。

(やるならさっさとやっちゃいたいっていうか。べつに殺したいわけじゃないけど……)

恩藤はスマホをしまった。降車する準備をしている。

羊本《ひつじもと》のほうはよくわからない。スマホも出していなかった。どこを見ているということもなく、ぼんやりしているようだ。目つきは悪い。

(なんとなく、恩藤《ヤツ》がやってるんだろうなとは思うし。さくっと殺しちゃえばいいんだよな。けど、姉さんがこうしろって言うから……)

列車が停《と》まった。恩藤が降りる。

想星も別の降り口から出た。

(羊本さんは……って、気にしてる場合じゃ——)

恩藤がホームできょろきょろしている。

「姉さん」

想星はイヤホンの向こうの姉に呼びかける。

『ええ。何?』

「降りたんですけど、標的がホームから動きません」

『目を離さないで』

「了解」

想星はスマホをいじるふりをしながら恩藤を観察しつづけた。想星と恩藤の間には自動販売機がある。列車の乗降客も多少いる。恩藤は想星に注意を払っていない。

ホームには次の列車を待つ列ができはじめている。

恩藤《おんどう》が自動販売機に近づいてきた。想星《そうせい》はさりげないふうを装ってそっぽを向いた。

(……こっちに来る?)

そういうわけでもなさそうだ。恩藤が自動販売機の前に立った。飲み物を物色しているのだろうか。結局、何も買わなかった。恩藤は自動販売機から離れた。電車を待つ列のほうへ歩いてゆく。

列の最後尾に並んでいる三十歳前後の女性が恩藤に目をやった。

(知り合い?)

違うのか。

女性はすぐ前に向きなおった。でも、恩藤は女性に歩みよってゆく。

想星は緊張した。

(――ひょっとして……)

恩藤が女性の真横で足を止めた。女性がまた恩藤のほうに顔を向ける。眉をひそめて怪《け》訝《げん》そうだ。

恩藤が何か言った。何を言ったのか。そこまではわからない。想星には聞きとれなかった。何にせよ、一言二言だ。

恩藤はその場を離れた。

女性は恩藤を目で追うでもない。何か考えこんでいるようにも見える。

「姉さん」

『ええ』

「今、恩藤が女の人に声をかけて――」

『それで？』

列車がホームに入ってくる。例の女性も電車のほうを見ている。

恩藤は階段もしくはエスカレーターでホームから離れるつもりらしい。

一瞬、迷ったが、想星は女性の動向に留意しつつ、恩藤を追いかけようとした。

『想星？』

「ちょっと待ってくださっ――」

想星は思わず大きな声を出しそうになった。すんでのところでのみこんだ。

突然、女性が駆けだしたのだ。あっという間の出来事だった。女性が列を追い越してホームから飛びだした。何人もが悲鳴を上げた。減速して停車しようとしていた列車が、さらに急ブレーキをかける。しかし、間に合うわけもない。そのときにはもう、女性は列車に轢《ひ》かれていた。

「やられた！」

想星は駆け足で階段へと急いだ。ホームは騒然としている。

『何ですって？』

「飛びこみです。恩藤《おんどう》に声をかけられた女性が……」

想星《そうせい》は階段に向かった。恩藤はちょうど階段を上がりきったところだった。

駅構内アナウンスが事故を告げている。慌てて事故現場から離れようとする者と、野次《やじ》馬《うま》根性に火がついて見物しようとホームに向かう者は、おおよそ同数くらいだろうか。いずれにしても、階段はひどく混みあっている。

（……エスカレーターにすればよかった！）

想星は階段を上がるのにやや手間取った。

『標的はどんなチートを使ったの？』

「わかりません」

『でも、何かしたのね？』

「そう見えました」

駅を出た直後だった。想星は恩藤の後ろ姿を発見した。信号待ちをしている。

恩藤が両親と住むマンションは駅近の優良物件だ。この駅から徒歩で五分もかからない場所に建っている。

「やつの仕業だと思います。目の前でやられた」

『いいわ』

姉は決断を下した。

『チャンスがあったら実行しなさい』

「はい、姉さん」

信号が変わった。恩藤が歩きだした。想星は五メートルほど離れて恩藤のあとを追う。

間もなく恩藤が住むマンションが見えてきた。

街路樹の枝葉が茂っていて、街灯の光を遮っている。暗い。

一つ先の通りを渡れば、恩藤のマンションだ。

その通りを車が行きすぎた。

周囲にひとけはない。

街中だ。さすがに銃は使えない。大量の血が流れるような方法はなるべく避けたいから、刃物より素手でしとめたいところだ。扼殺《やくさつ》。手で絞め殺す。経験はある。

（経験しかないわけだけど。僕は殺したぶん、命が増えて、死んでも生き返るだけで、他には何の才能も、センスもない。だから、特別なやり方はできない――）

想星は用意してあった軍用手袋を素早く嵌《は》めた。一気に恩藤との距離を詰める。そのせいで、想星の足音はいくらか大きくなった。恩藤が振り向いた。

「何だ、おまえ」

恩藤は目を見開いた。眼鏡越しに想星を凝視したまま、あとずさりする。

想星《そうせい》は動揺していなかった。ここまで接近してしまえば、もう気づかれても問題ない。あとはやるだけだ。

（いつもどおり、ただの仕事だ――）

アドレナリンをどっと分泌させて猛然と襲いかかるような、派手なことはしない。想星は無言で恩藤《おんどう》に掴《つか》みかかり、両手で首を絞めた。

「……っ！」

恩藤は想星の目を見ている。呻《うめ》くような声で、何か言った。

「うつろかなわがよきたらずよのおときえゆ」

「なっ……――」

両手が恩藤の首から離れた。想星は自分が呼吸する音を聞いた。想星の目は、恩藤のマンションやその前の通り、街路樹、遠くの信号、路肩に駐《と》まっている自動車を見た。

（……何だ？　やばい……やばいぞ、やばい、こんなことしてられない……そうだ、だめだ、早く、あれだ……やばい、やばい、やばい、やばい、やばい、やばい、やばい――）

『――想星？　想星!?　想星……！』

想星は走りだした。

右を見て、左を見る。駆けながら、後ろを見る。全力疾走する。

（あれだ……！）

想星は光に向かって駆けた。それが何か、想星はしっかりと認識していた。車だ。

それは大型の貨物自動車だった。トラックだ。

想星は歩道にいた。トラックは想星がいるほうに向かって車道を走行してくる。

『想星……!?　何をしているの!?　想星……！』

歩道をひた走りながら、想星は車道に飛びだすタイミングを計った。トラックのヘッドライトが眩《まぶ》しい。おかげで、距離がやや把握しづらい。

(今だ)

想星は爆走するトラックめがけて斜めに突進した。ものすごい音がした。想星はトラックと衝突して撥《は》ね飛《と》ばされ、即死した。

(——……マジか……)

生き返ったことも即座には自覚できないほど、想星は呆然《ぼうぜん》としていた。

「……あ、あんた、大丈夫……か？」

誰かに声をかけられた。逆光でよく見えない。

(この光……トラックの——ヘッドライト……？)

想星《そうせい》は目を凝らした。道路で横になっている想星に、一人の男が中腰くらいの姿勢でおっかなびっくり近づいてくる。

(……トラックの運転手か)

どうも、その男は想星を撥《は》ねたトラックの運転手らしい。

(僕は——トラックに、轢《ひ》かれた。……なんでだ?)

「お、おーい……」

運転手は震えている。ひどく怯《おび》えているようだ。

想星は腕や顔をさわった。湿っている。ただの水ではない。

「血……」

全身血まみれだった。想星はトラックに撥ねられた。一度死んだのだ。

「——っ……!」

想星は跳び起きた。

「ぎゃあっ!」

運転手は悲鳴を上げて、ひっくり返るようにして尻餅をついた。

(そりゃ驚くよ、絶対、死んでると思うだろうし……)

想星は運転手を助け起こそうとした。しかし、とっさに自分が血だるまだということを思いだした。

「だ、だめだ――ごめんなさい、大丈夫なんで！　お騒がせしました……！」

想星は頭を下げて謝り、大急ぎでその場を離れた。

(恩藤《おんどう》のマンションからそんなに遠くないけど……)

今から戻ったところで、恩藤はすでに自宅の中だろう。だいたい、想星は無傷だが、全身血みどろだ。この恰好《かっこう》では徹底的に人目を避けないとまずい。

(恩藤云々《うんぬん》より、誰にも怪しまれないで家に帰れるのかっていう――)

想星は街路樹のおかげで暗がりが多い歩道を走っていた。近くの脇道に入ろうとしたときだった。反対側の歩道に人影が見えて、心臓が止まりそうになった。

「ひっ……」

想星は泡を食って脇道に飛びこんだ。引き返し、脇道からそっと顔を半分だけ出す。

(――見間違い、だったのか……な？)

反対側の歩道をよく見てみたが、誰も歩いていない。止まってもいない。

「……制服、着てたような。マフラー、巻いて……」

想星はできるだけ深く、ゆっくりと深呼吸をした。やはり人影はない。

(羊本《ひつじもと》さん――な、わけないか……)

Ø7　知らないことばかりの世界だ

高良縊《たからい》想星はどこにでもいる普通の高校生になりたかった。

（昨日は姉さんにめちゃめちゃ説教された……）

想星はベッドで大の字になってスマホを握りしめていた。

部屋のカーテンは閉めている。しかし、夜はとうに明けていた。

（そろそろかな……）

「っ――」

想星は息をのんだ。そろそろか、と思ったちょうどその瞬間、マナーモードに設定してあったスマホが振動したのだ。

素早くスマホを確認する。ラインだ。

「白森《しらもり》さっ――いや、あ、明日美《あすみ》から……」

トーク画面を開く。

にゃん

という短いメッセージに、猫のキャラクターがごろごろ寝転がっているようなスタンプが続いて表示されていた。

「ぶっ……」

想星《そうせい》は思わず噴いた。笑ったのではない。名状しがたい感情が空気となって口から飛び出したのだった。

そうこうしている間にも、白森《しらもり》がメッセージを送ってきた。

おはよ
起きた？
まだ寝てる？
わーごめん
うざいねあたし・・・

その直後、猫のキャラクターが土下座しているスタンプが送られてきて、想星は咳《せ》きこんだ。咳《せき》が出たというよりも、名状しがたい感情があたかも咳のような形で湧き上がってきたのだった。

想星は身を起こして白森にメッセージを返した。

おはようございます。うざくないです。今起きました。

（……今、起きた、か）

想星の胸がちくりと痛んだ。

（しら──明日美《あすみ》には、嘘《うそ》をつきたくない……けど……）

これから顔洗うよ

想星は？

「うん、僕も──っと……そうだ。顔、洗うか……」

想星はベッドから降りようとした。白森からメッセージが返ってきた。

じゃ　一緒だね

「……そう──だね……」

想星はメッセージを打つ前に口に出していた。

「えへへ……」

おまけに、気色の悪い笑い声までこぼれた。

想星《そうせい》はいくらか迷ったが、意を決してメッセージを入力した。

一緒だね

白森《しらもり》は秒で二匹の猫が肩を寄せ合っているスタンプを送ってきた。それを見て、想星はつい叫んでしまった。

「一緒だね……!」

†

どこにでもいる普通の高校生ならば考えなくていいようなことを、どうしても考えざるをえない。今の想星にとっては、それが耐えがたい苦痛だった。

(正直、恩藤《おんどう》をしとめられなかったとか、恩藤はどうやって殺してるんだとか、僕は恩藤に何をされてトラックに飛びこんだりしたのかとか、どうでもいい。ものすごくどうでもいい。あと、羊本《ひつじもと》さんのこととかも……)

教室の前で、想星は立ちすくんでしまった。

(羊本さんは……いる、よな。つい下駄箱《げたばこ》で確認しちゃったし。外履きが入ってたから、羊本さんはもう来てる。し――じゃない、明日美《あすみ》は、まだっぽい。……羊本さんのことなんか、気にしたくないのに。どうでもいいし。気になるけど……)

「想星?」

声をかけられて、想星はぎょっとした。

「……ゆ、雪定《ゆきさだ》。お、おはよう……」

「おはよう」

雪定は表情を緩めた。教室に目をやって、それからまた想星を見る。

「入らないの?」

「はっ、入るよ?」

想星は、あはは、とぎこちなく笑った。

「うん。入る。今、入るとこ。よし、入ろっと。入るぞ……」

(何をぶつぶつ言っているんだ、僕……)

教室に入ると、果たして羊本はいた。窓際の一番後ろの席で、机に頬杖《ほおづえ》をついている。

窓の外を見ているようだ。

(あれ、羊本さんだったのかな。……羊本さんだったよな……)

想星《そうせい》は自分の席についた。

(……いや、トラックに轢《ひ》かれたあとに見たのは、ちょっとどうかわからないけど。でも、羊本《ひつじもと》さんだったような――)

「想星?」

「うぃっ!?」

想星は椅子から跳び上がりそうになった。

目の前に雪定《ゆきさだ》が立っていた。自分の席に荷物を置いて、それから想星のところにやってきたらしい。

「いつにも増して変だね、今朝の想星」

「……かな? ううん? そんなことはないような……ないことも、ないような……」

「どっち?」

雪定はくすくす笑った。しゃがんで、想星と目線を合わせる。

「で、どう?」

「どう? とは……?」

「白森《しらもり》さんと。いい感じ?」

「あぁ、それは……まあ……」

「遊びに行ったりとか、した?」

「……遊びっ？」

「デートとか」

「ででで っ、デート？」

「してないの？」

「……デート――って、どういう……あれ、なのかな。何をするっていうか。僕は、知識も経験もあれだから。あれっていうか、ないんだけど……」

雪定《ゆきさだ》は、んー、と少し考えてから言った。

「映画とか？　遊園地に行ったりとか。プールとか？」

「ぷっ、ぷぷぷ、プールぅ……？」

「おれもよくわかんないけどね。公園で散歩とかするだけでも楽しいんじゃない？　好き同士だったら」

「……すっ、好き同士……っ」

「だよね？」

「それは……――」

想星《そうせい》は目を伏せた。

（……あれ？　なんで僕、うんって即答できないんだ？　好き――なのは、間違いないのに。そりゃ、好きだよ？　好きに決まってるし。白森《しらもり》さ、あっ、明日美《あすみ》だよ？　天使かってくらい、かわいいよ？　好きじゃないとか、ありえなくない？　だいたい、どうしてあんな子が僕なんかに――ていうか、本当になんでだ？　おかしい……よな。深く考えてなかったけど。おかしすぎて、現実感ないっていうか。正直、いまだに――）

「こんなとこで言うのは恥ずかしい？」

雪定は、ふふっ、と笑った。想星はうなずいた。

「……だね。かなり」

「高良縊《たからい》ーっ！」

ワックーこと枠谷光一郎《わくやこういちろう》が、少し離れたところから声をかけてきた。

「あ、うんっ？」

想星がそっちを向くと、ワックーは敬礼のような仕種《しぐさ》をした。

「チョイーッ！」

「……チョイー」

想星がためらいがちに敬礼し返すと、ワックーは片目をつぶって親指を立ててみせた。

白森が教室に入ってきたのはその直後だった。

白森は教室に足を踏み入れた瞬間から、想星を見ていた。想星しか眼中にないかのようだった。

（――好き……だよ？）

想星《そうせい》も白森《しらもり》しか見ていなかった。

白森は顔全体をほころばせていた。きらめくような笑みだった。いや、想星には実際、光を当てた宝石よりもきらめいて見えた。

白森は何か言おうとして口を開いた。唇の動きからすると、白森は、そ、と発音しかけたのではないか。

(想星の、そ……)

だが、白森は思いとどまった。代わりに、片手を上げて、敬礼のような仕種《しぐさ》をした。

「ちょいーっ」

それは紛《まぎ》れもなく、チョイー、だった。ワックーが始めて、クラスで流行《はや》らせた。想星も最近、ようやくチョイーできた。さっきもした。あのチョイーだった。けれども、それらのチョイーとは別種のチョイーだ。想星はそう感じた。

(あすみんのチョイーは、別次元……)

想星は胸の裡《うち》でつい白森を、あすみん、と呼んでいた。

教室内がややざわついている。

「……高良縊《たからい》っ！」

ワックーに低い声で呼びかけられた。想星はハッとして、白森に向きなおった。すぐさま全力で敬礼した。

「チョイーッ……！」

†

「そういえば、想星、沙汰貫《さたぬき》神社に行ったことある？」

今日も想星は、昼休みの渡り廊下で白森との時間を満喫していた。

「沙汰貫神社って、わりと学校の近くにある、あの……？」

「うん。そこ」

白森は色々なことを想星に教えてくれる。何でも、沙汰貫神社で想《おも》いを伝えると、相思相愛の仲になれる、というジンクスが昔からあるのだとか。

「あたし、想星を沙汰貫神社に呼びだして告白しようかなって、けっこう本気で考えたんだよね。でも、想星もジンクス知ってたら、なんかめっちゃ恥ずいし——」

それから白森が言うには、恋人同士で行ってはいけない、破局をもたらすと伝えられているデートスポットも、市内に何箇所かあるらしい。第二市営プール、司町《つかさちょう》の運動公園、瓦町《かわらまち》の映画館キネマ座ホールなどがそれに当たるのだという。

「運動公園は、陸上競技会とか野球部の試合とかで使うし、要注意かも」

白森は真顔で言った。

「キネマ座ホールっていう映画館は、あたし、行ったことないけど。古いとこなんだよね、たしか。プール行くときは、第二市営プールやめとかなきゃだね」

「なるほど。そうだね……」

想星《そうせい》は同意した。その直後、火を噴きそうになった。

(──ププププ、プール、行くのか……!? ふ、二人でプール!? プールに……!? い、いや──)

冷静な思考を取り戻すために、想星はそうとう努力しなければならなかった。

(……行く、とは言ってない。行く、とは一言も。行くときは、と言っただけで。そうだよ。ひょっとしたら行くことがあるかもしれない、可能性としてはそういうこともある、そのときは──ってことだよ。可能性は無限大なんだから……可能性だけなら……)

「今度、どっか行かない?」

白森《しらもり》がさらりと言ったものだから、想星は思わずうなずいてしまった。

「うん……」

(──え?)

自分がうなずいたことに、想星は仰天した。

「やった!」

白森はぴょんと飛び跳ねた。それで想星はさらに驚いた。

（人って、喜ぶと本当に跳ぶんだ……？）

「どこ行こっか？」

白森はぐっと想星に身を寄せた。

「週末でいい？」

「しゅ、あぁ……週末──」

「土曜？　日曜？」

「ど──ええ、と……にち、あー……」

「どこがいいかな？」

「そ……だね、うーん……」

想星はのけぞりそうになった。しかし、白森から遠ざかりたいわけでは断じてない。だから、ぐっとこらえた。

（……いい匂いが、する）

それが何の香りなのか、想星にはわからなかった。

「わーやばっ。やばっ。やっぱっ」

白森は両手で顔を覆った。

「あたし、すっごい楽しみなんだけどっ。やばい。どうしよ。あたし、やばっ。めっちゃ、マジ、やばい……」

（――やばいのは、こっちなんだよな……）

†

放課後、想星《そうせい》はトイレの個室に籠もっていた。

（おなか痛い……）

腹をさする。ズボンは下ろしていない。もちろん下着もだ。

（胃が……家に帰ったら、すぐ仕事だし……帰らないわけにもいかないけど……家……仕事……ああああぁぁぁイヤだイヤだイヤだイヤだイヤだ、考えるだけで、胃が……）

想星はポケットからスマホを出した。

ため息をつく。

（姉さんに、頼んでみる……か？　外出許可。今度の日曜日……）

想星はぎゅっと目をつぶって頭を振る。

（――いや！　頼むっていうか、勝ちとらなきゃ！　約束しちゃったんだ。日曜日、瓦町《かわらまち》で待ち合わせって。押しきられたような感も、なきにしもあらずだけど……）

想星はカッと目を見開いた。スマホを操作し、姉と通話できるアプリを起動する。そのときだった。呼び出し音が鳴り、スマホが震えだした。

「わっ……」

想星はスマホを取り落としそうになった。なんとか落とさずにすみ、慌てて出た。

「は、はいっ……」

『まだ学校にいるの？』

姉は不機嫌そうでも上機嫌なことがある。逆に、上機嫌のようで不機嫌なこともある。

とりあえず不機嫌そうな声音だった。

「……はい。ちょっと、その……おなかが、痛くて……」

『体調不良ということ？』

「いやっ――そんな、たいしたあれじゃなくて……」

想星は便座から立ち上がり、個室を出た。

「出ました。ていうか、今、出るところです。ぜんぜん平気なんで……」

『具合が悪いのなら、正直に言いなさい』

（……言ったら、体調管理がなってないとか、怒るくせに――）

『体調管理について厳しく注意することはあっても、怒ったりはしないわ』

「っ――」

『なあに？』

「いえ……」

（――たまに、怖くなるんだよな。姉さんは僕の心を読めるんじゃないかって……）

『ちなみに、私は心を読んでいるわけじゃないのよ。弟の考えることくらい、お見通しなだけ』

「……そっすか」

『そっすか？』

「ごめんなさい、気をつけます、言葉遣い……」

想星《そうせい》はスマホを肩と頬の間に挟んで手を洗い、トイレを出た。

「仕事、ですよね。すぐ帰ります」

『わかっているのなら、私から言うことはないわ』

「それじゃ、あとで」

『腑《ふ》に落ちないけれど。わかっているのなら、なぜ私に催促させたのかしら』

想星が言い訳を口にするより早く、姉は通話を切った。

「……嫌みなんだよな。姉さんは」

精一杯の悪口を小声で呟《つぶや》くことで、想星はどうにか気持ちを落ちつけた。

トイレから出て、鞄《かばん》を取りに教室へ向かった。放課後の校内は静かで、廊下にもほとんどひとけがない。

（でも、きっと彼女はいる……）

想星の予想は当たった。

教室に入ると、窓際の一番後ろの席にだけ、生徒が座っていた。

(もしかして、羊本《ひつじもと》さん——毎日、一人で教室に残ってる……のかな?)

羊本はいつものように、頬杖《ほおづえ》をついて窓のほうに顔を向けている。想星がわざと大きめの足音を立てても、机に掛けてあった鞄を手にとっても、反応を示さない。

「羊本さん」

想星が名を呼ぶと、ようやく羊本は体を動かした。それも、かすかに身じろぎしただけだった。

けれども、反応はあった。想星の声が聞こえていないわけではないのだろう。

「この前、地下鉄に乗ってたよね。玉町《たままち》の駅から」

羊本は動かない。微動だにしない。

(……無視——か)

想星は一度持った鞄を机の上に置いた。

(ていうか、僕は……こんなこと、訊《き》いてどうする……?)

羊本は頬杖を外し、そっと息をついた。想星のほうを向くのか、と思いきや、違った。

羊本は椅子から立ち上がって、鞄を手にした。

そのまま羊本が足早に教室から出ていってしまえば、想星はあきらめたかもしれない。

ところが、羊本《ひつじもと》は想星《そうせい》を睨《にら》みつけた。心の底から憎悪している相手を、あらん限りの侮蔑をこめて見下し、存在ごと否定しようとしているかのような眼差《まなざ》しだった。想星は震え上がっただけでなく、傷ついた。

(……何もそんな目で見ることなくない？　おまえなんか人間じゃない、みたいな……)

「どうして」

羊本の声は聞きとりづらかった。まずもって、女性にしてはずいぶん声が低い。この同級生は、他者に聞かせるために発声する方法を知らないのではないか。吐息がかろうじて言葉を形づくっているような、およそ人間の声らしくない声だった。

「どうして、そんなことを訊《き》くの」

「……あ」

想星は我知らず右手を体の後ろ側に隠していた。左手が腿《もも》のあたりをまさぐっている。もし今、武器のたぐいをどこかに隠していたら、想星はそれを握っていただろう。悪魔の手を持つ壊し屋・望月登介《もちづきとうすけ》は、想星を十回ほど殺した。あの望月でも、想星にこまでの威圧感を与えなかった。

「……いや……見かけた――ような気がして。たまたま……」

「見かけたなら」

羊本はまばたきをしない。蛇のようだ。

「いたんじゃない」

「……そう――だよね。うん……」

「さようなら」

羊本は顔を伏せて歩きだした。教室を出てゆこうとする。

「さ、さよなら」

想星は蚊の鳴くような声で言った。

羊本が足を止めて振り返るとは、思いも寄らなかった。

（――あ、れ……？）

想星は意表を衝《つ》かれて戸惑った。

羊本が想星を睨んでいない。目つきはよくないが、少しぼんやりしているようでも、想星と同じくらい戸惑っているようでもある。

図らずも想星は、羊本と見つめ合う恰好《かっこう》になった。

（これ、どう――すれば？　羊本さんも、どうしたらいいか、迷ってるような……）

やがて羊本がまばたきをした。

一回だけではなく、連続で二回、目をまたたかせた。

それから、羊本はうなずいた。

想星も反射的にうなずいた。ついうなずき返してしまった。

羊本《ひつじもと》は踵《きびす》を返して教室から出ていった。小走りだった。

「……なんっ——だったんだ……」

想星《そうせい》は特大級のため息をついた。間違っても羊本を追いかけるような形にならないように、あえてそのまま、しばらくじっとしていた。

学校を出たら、羊本が前を歩いていた。

(駅までは、けっこうみんな、一緒だったりするし……)

想星はそしらぬ顔で最寄りの司町《つかさちょう》駅までの道を歩いた。

改札を通過してホームに行くと、やや遠くの乗車口に羊本が立っていた。

(同じ列車——同じ方向か……)

列車が来た。想星は乗車した。

静町《しずかまち》の駅で別の路線に乗り換える際、想星はつい羊本の姿を探してしまった。

(……いるし。羊本さん)

車両は別だった。しかし、同じ列車に羊本が乗っている。

(まさか——)

想星は静町から五駅、車輪町《しゃりんちょう》の駅で下車した。そのまさかだった。

駅を出てすぐの交差点で、想星は信号待ちをしていた。

気になって、駅のほうに目を向けると、ちょうど出口から羊本が姿を現した。

（こっちには……来ない——か……）

羊本は逆方向に歩いていった。想星には目もくれなかったので、気づいていたのかどうかは定かではない。

想星は青になった信号を、ただ見ていた。

「……家、近かったんだ、羊本さん」

一つ息をついてから、想星は横断歩道を渡りはじめた。

「同じ学校になったの高校からだし。ちっとも知らなかった……」

Ø8 DEADLINE

標的の恩藤《おんどう》伊玖雄《いくお》はまだ職場のビルから出てこない。

念のため、想星《そうせい》は問題のビルの正面玄関がぎりぎり見える路地に身を潜めていた。スマホで時刻を確かめる。

(午後九時三分……)

恩藤は、何らかの方法で――おそらくチートを使って、想星を殺そうとした。というか、想星は自らトラックに突っこんで死んだのだが、生き返った。

あの付近で死んだ者はいない。そのことを恩藤は知っているに違いない。トラックに轢《ひ》かれた男が、起き上がってその場を立ち去った。ひょっとしたら、そんな怪談めいた事件があったことを把握しているかもしれない。

『どうなの、想星?』

イヤホン越しに姉が訊《き》いてくる。

「まだです」

『そう。遅いわね』

想星はビルの正面玄関を見張りつづけた。恩藤はなかなか現れない。

「あの、姉さん」

『何かしら？』

「えっと……その、週末なんだけど」

『週末がどうかしたの』

「ちょっと、なんていうか……用事があって」

『どんな用事？』

「それは、その……か――買い物に、行かないと……いけなくて。買わなきゃいけないものが、どうしてもあったりして」

『何だってネットで買えるでしょう？』

「いや、でも、物によっては結局、実物を見ないと選びづらいっていうか……」

『それは仕事より大切なものなの？』

「……そういうわけじゃ、ないんだけど」

『じゃ、だめ』

「……はい」

想星はため息をつきそうになったが、必死に噛《か》み殺《ころ》した。

（今、言い返したら、火に油を注ぐようなものだしな。あとでもう一回、チャレンジしても……同じか。同じだろうな。いや、日曜日まで、まだ時間があるんだし、きっとチャンスはある……のか？　どうだろ。この仕事を終わらせれば――そうだ。そうだよ。それだ。日曜までに恩藤《おんどう》を始末すればいいんじゃないか。それしかない……）

　ビルの正面玄関を見すえたまま、想星《そうせい》は頭をフル回転させた。

（恩藤は謎めいた言葉を僕に聞かせた。うつろかなわがよきたらずよのおときえゆ。虚《うつ》ろかな、我が世来たらず、世の音消えゆ……か。とにかく、あれで僕はおかしくなった。あの言葉自体に、何か力がある……？　五・七・七。五・七・五じゃない。俳句とか川柳とかでもなさそうだけど。字余り？　僕が自分で声に出して言っても、何か起こるわけじゃないし。恩藤が言わなきゃ効果がないってこと？　恩藤があの文言を聞かせた相手は、自殺する――そういうチートなのか……？）

　想星はスマホをちらっと確認した。時刻は午後九時十五分だった。

（――恩藤は僕を自殺させようとした。でも、僕は死ななかった。恩藤はそのことを知っている。自分が狙われていることも。自分を狙っている相手――僕がまだ生きてるってことも。まあ、確証はなくても、僕が死んでないのかもって、疑ってはいるはずだ。だとしたら当然、警戒してるだろうけど、恩藤はいつもどおり出社して、残業中……）

　ビルの正面玄関から誰か出てきた。

　黒縁眼鏡。マウンテンパーカー。チノパン。リュックサックを背負っている。

「姉さん、出てきました」

『様子は?』

「普通です」

恩藤はきょろきょろするでもなく、玉町《たままち》駅のほうへと向かう。

想星は尾行を開始した。恩藤には顔を見られたので、一応、伊達《だて》眼鏡はつけていない。

それから、明るい色のウィッグを被《かぶ》っている。

駅の階段を下りている最中、想星はエスカレーターをちらちら見た。

(羊本《ひつじもと》さんは……いないか)

ホームにも羊本の姿はなかった。恩藤は想星に気づいていないようだ。周囲に注意を払うそぶりもない。悠然と列車を待っている。

「……大胆なやつだ」

『ちょっと調べてみたのよ』

「何をです?」

『恩藤はずっと親と同居していて、住所も学校も勤め先も、すべてはっきりしているわ。だから、行動範囲がおおよそ推測できる』

「……もしかして、恩藤の周りでは自殺者が異様に多い?」

『ええ。統計的に有意な差があった。十分すぎるほどの差が。それも、彼が十四歳になった頃から顕著に増えているの』

「十四歳。中二から中三――」

『私の推計によると、彼はこの二十数年の間に、二百人以上、殺している』

「……二百、ですか?」

『想星《そうせい》。おまえが今、持っている命の数よりも多いわね』

姉はそう言って少しだけ笑った。

『でも、どれだけ殺してきたにせよ、標的の命はたった一つ。恐れるに足りないわ。そうでしょう?』

「はい、姉さん」

想星は機械的に答えた。姉は満足したのかどうか、軽く鼻を鳴らした。

列車が来た。恩藤《おんどう》は、そして想星も乗車した。

恩藤は吊革《つりかわ》に掴《つか》まってスマホを見ている。まさに普段どおりといったふうだ。

列車が静町《しずかまち》駅で停《と》まり、乗客の半分ほどが降りた。ここは乗換駅なので、大勢が乗り降りする。

乗ってきた客の中に見覚えのある女子生徒がいて、想星は危うく変な声を発するところだった。

その女子生徒は恩藤の近くを通り、車両の端あたりで止まった。吊革には掴まらない。見るともなく、どこかを見ている。スマホを出すこともない。

想星は彼女があの手袋を外したところを一度も目にしたことがない。彼女は常にストッキングを穿《は》いている。今日もマフラーを巻いていた。

（――羊本《ひつじもと》さん）

『想星？』

「……はい？」

『何か変わったことでもあったの？』

「いえ？」

『本当に？』

「僕が姉さんに嘘《うそ》をついて得することって、何かあるかな……」

『どうかしら』

列車がふたたび走りだした。

『逆に訊《き》きたいわ。私に嘘をついて何か得をすることがあるの？』

「……ないですよ？」

想星は横目で恩藤と羊本を交互に見た。

（なのに、なんで――僕は姉さんに、羊本さんのことを黙ってるんだ……？）

羊本の制服に想星の目がとまる。

（……同級生、だからか。せめて一人の高校生としては、普通でいたいんだ、僕は……）

列車が減速し、停《と》まろうとしている。恩藤《おんどう》が両親と住むマンションは六駅先だ。

それにもかかわらず、停車する前に恩藤が動きだした。

「姉さん、標的が降りるみたいです」

『まだ先のはずでしょう？』

「そうなんですけど……」

列車が堤町《つつみちょう》駅で停まった。恩藤はやはり下車するようだ。

羊本《ひつじもと》も別の降り口から列車を出た。

（……絶対、恩藤をつけてる――よね……？）

想星《そうせい》は少し時間を置いて、扉が閉まるぎりぎりのタイミングで降車した。

羊本は見あたらない。恩藤はいた。階段を上がっている。

想星は羊本を捜しながら恩藤のあとを追った。

この駅もなかなか乗り降りが多い。堤町にはオフィスもあれば商業施設もある。マンションなども建っている。駅の構内は混雑していた。おかげで尾行は容易だった。羊本はどうだろう。列車を降りたのでどこかにいるはずだが、想星は見つけられなかった。

（羊本さんより、標的が優先だ。あたりまえだけど……）

恩藤は駅を出ると、大きな建物がひしめく一帯のほうへ歩いていった。

その中の一棟に、迷わず入ってゆく。

「……姉さん」

『標的は？』

「やつは家に帰らないようです」

想星もその建物に足を踏み入れた。

恩藤はカウンターの前でフロント係と何か話している。

明るさは控えめだが、けっこう広いロビーだ。ソファーがいくつも設置されている。大きな柱などもある。これならいくらでも身を隠せる。

「ホテルに入りました。堤町駅前のグランドシティーホテル。部屋をとって、泊まるみたいです」

『行動を変えたのね』

「堂々としてるように見えたけど、かなり用心してますね」

恩藤はフロント係から鍵を受けとり、エレベーターへ向かおうとしている。

「……部屋が何階かはわかると思いますけど。このホテル、部屋のカードキーがないとその階にエレベーターが止まらないですよね。階段で上がれるかな……」

『まさか、仕掛ける気？』

（日曜までに終わらせたいし――）

想星はぐっとのみこんだ。

「……無理かな。部屋も、突き止められないことはないですよね。姉さんなら。なんとかなりません？」

『人目につきやすいし、監視カメラもいたるところにある。ホテルのような場所でやるとしたら、かなり入念に準備しないと足がつくわ』

「……ですかね」

『ふざけているの？　素人みたいなことを言わせないでちょうだい』

「すみません……」

恩藤《おんどう》はとっくにエレベーターに乗ってしまっている。

エレベーターは十二階で止まった。恩藤は一人でエレベーターに乗った。ということは、十二階の部屋に宿泊する。

「……やれないかな」

想星《そうせい》は呟《つぶや》いた。イヤホンの向こうで姉が怒気をみなぎらせたので、すぐに付け足した。

「言ってみただけです、ごめんなさい……」

Ø9　口から出るに任せるとしても

高良縊《たからい》想星はどこにでもいる普通の高校生になりたかった。

「……くっそぉぉぉ……！」

スマホを握りしめたまま、想星は自分の部屋で屈伸運動をしていた。

スクワットだ。

想星の習性と言ってもいい。仕事に必要なトレーニングはもちろん日常的にこなしている。それ以外にも、家では合間合間に体を動かす。そうすることが染みついている。

「気持ち悪い、こんな自分が、普通じゃない、普通がよかったのに、くそ……！」

スマホに表示されている時刻は午前七時五十八分だった。

今日は日曜だ。

とうとう午前七時五十九分になった。

「どうする!?　どうしたらいい!?　待ち合わせは午前九時四十五分、場所は瓦町《かわらまち》の駅前、そういえば、なんで九時四十五分!?　中途半端な時間だけど、とにかく白森《しらもり》さっ――じゃなくて明日美《あすみ》は、まだ家を出てないはず！　さすがに一時間四十五分前に出るってことはない！　ありえない！　どれだけ早く出ても、一時間前ってとこじゃないかな……!?」

午前八時になった。

想星《そうせい》はスマホを床に置いた。ただちに腕立て伏せを開始する。

「……やばい。やばいよ！　やばいって！　どんどんタイムリミットが迫ってる！　ぐずぐずしてたら、しっ——明日美《あすみ》が家を出ちゃうじゃないか！　くそ、なんで！　なんで僕はここまで引き延ばしたんだ……！　わかってたことなのに！　そうだ、そうだよ、わかってた！　学校がない日は、必ず仕事なんだから！　ずっとそうだったじゃないか！　しかも、まさに継続中の案件があるわけだし！　休めるわけがない！　わかってたのに、くそ、くそ、くそ……！」

スマホが鳴動しはじめた。

「はっ……！」

想星は腕立て伏せをやめた。スマホを手にとって床に正座する。

「……くっ！　姉さんじゃないか！　出ないわけにはいかないけど……！」

想星は大急ぎで息を整えた。咳払《せきばら》いをする。電話に出た。

「もしもし。姉さん。想星です。わかってます。仕事だよね。仕事。本日は本当にお日柄もよく、仕事日和だなあ。用意はしてるし、そろそろ出るところなんで」

『……そう。わかっているならいいわ』

「はい。大丈夫です。失礼します」

電話を切るなり、想星はスマホを額に打ちつけて叫んだ。

「あぁあああぁぁあぁぁぁあああぁあぁぁぁあああぁぁぁ！　仕事なんてくそ食らえだ……！」

想星は衣類を脱ぎながら部屋を出ると、全裸になってシャワーを浴びた。汗を流すだけだから一瞬だ。服を着て、リビングでエナジーバーやりんごなどを貪り食ったり牛乳を飲んだりしながら、ドライヤーで髪を乾かす。

スマホを見ると八時十分で、次の瞬間、十一分になった。

「白森《しらもり》さんは――明日美は、もう出かける準備にとりかかろうとしているかもしれない。準備中かもしれない。きっと準備中だ。ここまで僕が引き延ばしたせいじゃないか。なんで粘ったんだ。僕の馬鹿！　クズ！　カス！　僕は人間のカスで、クズの中のクズだ！　もはや一刻の猶予も許されない、そうだろ……!?」

想星はラインのトーク画面を開いた。想星の指が勝手に動いた。

大変申し訳ありません
緊急の事態により今日行けなくなってしまいました
お詫びしようもありません
本当にごめんなさい

「──っ……!? 僕が打った……のか？ この文章を、僕が？ わかんない。意識が飛んでた。いいのかな、これで？ こんな文面で──でも、早く送信……しないと！」

想星《そうせい》はメッセージを送信した。

すぐに白森《しらもり》が音声通話をかけてきた。

「……マジかぁぁぁっ……！」

想星は悶《もだ》えた。

「だけど、出ないわけには──いかない……っ！」

想星が通話のボタンをタップすると、白森はいきなりまくしたてた。

『想星!? 大丈夫!? 怪我《けが》とかしてない!? 平気!? え!? 今、病院とか!? 想星!?』

「……あ、いえ、その、いや……だ、大丈夫、というか、病院とかではないので──」

『想星は元気なの!?』

「ま、まあ、そう……ですね、僕は、元気といえば元気……かな」

『……よかったぁ』

白森は深いため息をついた。

『びっくりして。心配になって。電話しちゃって、ごめんね』

「い、いや。そんな。あ、謝るのは……謝らなきゃいけないのは、こっちのほうで──」

『でも、緊急って』

「え？」

『緊急って……何があったの？　あ、訊《き》いてよかった？』

「訊いて――」

想星は知らず知らずのうちにスクワットを開始していた。

「……それは――うん、も、も、もちろん。じ、実は、その……おじ……ぃさんが？」

『叔父さん？』

「そう……うん、叔父さんが」

『何かあったの？』

「……な――なっ、な……」

『亡くなったの？』

「……亡くな――った？」

『えっ。いつ？』

「き、昨日？　いや、もう、ほとんど今日……ギリ、今日……」

『じゃ、亡くなったばっかり？』

「……だね」

『叔父さんってことは、お父さんの兄弟とか？』

「……そうだね。おじさんだから。ただのオジサンじゃないから……」

『あたし、叔父さんにすっごい、かわいがってもらってて』

「……そう、なんだ？」

『ちっちゃい頃から、いろんなとこ連れてってくれて。誕生日とか、今でも毎年、プレゼントくれるし』

「……それは――」

『もし叔父さんが死んじゃったら、あたし……』

白森《しらもり》は涙声になった。

『……ごめん。こんなときに、自分の話しちゃって』

「い、いやぁ……」

『これから、お通夜とか、お葬式とか？』

「……そうなんだ。そ、それで……これから、行かないといけなくて」

『そっか。しょうがないよね。こればっかりは』

「……本当に、申し訳ないです」

『謝ることないよ』

「……いや、でも、ごめん」

『いってらっしゃい。……って言うのも、変だけど』

「……い、行ってきます」

『じゃ、ね』

「……はい」

『また、学校で』

「……うん」

『切りづらいよね。ごめん。あたしから切るね』

白森はそう宣言してから通話を終えた。

いつの間にか想星《そうせい》は涙ぐんでいた。半泣きでスクワットの速度を上げた。

「ぐおおぉぉぉおおぉぉ！　僕は！　僕は僕は僕はなんてことをぉぉおおお……！」

想星は息が上がるまでスクワットをして、汗だくになってしまった。

「またシャワー浴びなきゃならないじゃないか！　くそ！　くそ！　くそぉぉっ……！」

バスルームに向かおうとしたら、スマホが鳴動した。姉だった。

想星は出た。出るより仕方なかった。

「……はいっ」

『もしかして、まだ家なの？』

「もうすぐ出まーす」

『何かしら、その言い方』

「すみませんでした。もうすぐ出ます」

『気をつけなさい』

姉は電話を切った。

想星《そうせい》はスマホを振りかぶって床にたたきつけようとした。

「――くっ……！　くうぅっ！　八つ当たり！　こんなの八つ当たりだ！　物に当たってどうする！　スマホが壊れるだけだ！　何の意味もない！　そうだろ……⁉」

想星は歯を食い縛った。テーブルの上にスマホをそっと置いた。

「姉さんめ……」

10　BAD ACCIDENT

（――わかってる）

想星は堤町《つつみちょう》駅前グランドシティーホテルのエントランスを見張っていた。

このあたりの通りには、街路樹もあればガードレールもある。電柱だって立っているし、置き看板も多い。ちょっと腰かけられるようなガードレールなどもある。長い時間、突っ立っていなければ、通行人に怪しまれることはない。見張り放題だ。

（姉さんを恨んだってしょうがない。何もかも姉さんのせいかっていうと、そんなことはないわけだし。違うんだよな。そういうことじゃないんだ。僕だって、それくらいのことはわかってる……）

恩藤《おんどう》伊玖雄《いくお》がホテルから出てきたのは、午後一時半を回った頃だった。

「姉さん」

『ええ』

「出てきました」

『了解。あとをつけて』

「はい」

想星《そうせい》は恩藤《おんどう》を尾行しはじめた。

休日の午後で、駅前ということもあり、人通りが多い。恩藤は手ぶらだ。リュックサックを背負っていないので、たぶん財布やスマホくらいしか持っていないだろう。どこへ行くつもりなのか。

(……スタバか)

恩藤はコーヒーショップに入った。コーヒーか何かを買っている。店内で飲むのではない。テイクアウトするようだ。

恩藤は間もなく出てきた。

標的がコーヒーを手に、昼下がりの街をぶらついている。

(ぶっ殺したい……)

想星は我知らず歯軋《はぎし》りをしていた。

(こういう気分になることって、基本的にないんだけどな。標的はだいたいろくでなしか人殺しだから、同情するような相手じゃないけど。まあ死んでもいいっていうか、死んだほうが世のため人のためっていうか。でも、あんまり気持ちが入ると、逆にいいことなかったりするし……)

想星は首を左右に曲げ、軽く肩を上げ下げした。

「姉さん。標的はコーヒーを買って散歩中です」

『ひょっとしたら、獲物を物色しているのかもしれないわね』

「もし、やつが――」

『誰かを殺そうとしたら？』

「はい。阻止しますか」

『それは私たちの仕事じゃないわ』

「了解」

恩藤は公園に入ってゆく。遊具があって子供が遊ぶような児童公園ではない。噴水や池が設けられている総合公園だ。

（正義のためじゃない。もちろん私怨でもない。これは仕事なんだ――）

想星もふらっと立ち寄る利用者のふりをして公園に入った。

恩藤は噴水広場に複数設置されているベンチのうちの一台に座っていた。コーヒーを飲みながら、ひなたぼっこでもしているのだろうか。スマホは見ていない。

（まさか本当に、コーヒーを飲みながら日に当たりに来たってわけじゃ――）

「っ……」

想星は息をのんだ。

恩藤が座っているベンチとは別のベンチに、見覚えのある若い女が腰かけていた。

見覚えがあるというか、知人だ。

さすがに日曜だからか、制服ではない。黒っぽい服を着てマフラーを巻いている。肌の露出は最小限だ。手袋を嵌《は》め、マフラーで口まで覆っているから、顔の一部しかあらわになっていない。

『想星《そうせい》？』

姉が声を尖《とが》らせた。

「……なんでもないです」

『本当に？』

「はい」

想星は噴水広場には入らず、近くの茂みの横でスマホをいじるふりをした。

（……羊本《ひつじもと》さん。こんなところにまで。……不思議じゃないか。ぜんぶ偶然なんて、そんなわけないし。羊本さんは恩藤《おんどう》を監視してるんだ。でも、何のために？）

恩藤から目を離したのは、ほんの数秒だろう。想星は恩藤ではなく、羊本に視線を向けていた。

その数秒の間に、恩藤はベンチから離れていたのだ。コーヒーは置きっぱなしだが、ベンチに恩藤の姿はない。

「姉さん」

『何なの？』

今度はごまかすわけにはいかない。想星は息を吸って、吐いた。

「標的が、こっちに」

『……何ですって？』

恩藤が歩いてくる。

こっちに、ではなくて、想星めがけてまっすぐ、と言うべきだろう。

『見つかったの？　またしくじったのね、想星』

「どうしたら」

『この際だから、出方をうかがいなさい』

「……また殺されるかもしれませんけど」

『そのときはそのときだわ。もう子供じゃないのよ。いつまでも私に尻拭いをさせないで。自分でどうにかしなさい』

想星は答えなかった。

恩藤はもうすぐ近くまで来ている。想星の真ん前で足を止めた。

黒縁眼鏡の向こうから、硝子《ガラス》玉のような恩藤の瞳がじっと想星を見すえている。

この男は、驚いているのか。微笑しているのか。それとも、面白がっているのか。

「妙だな」

恩藤は頭を右側に傾けてうなずいた。

「実に、奇妙だ」

「虚《うつ》ろかな、我が世来たらず、世の音消えゆ」

想星《そうせい》は恩藤《おんどう》に言われた短い詩のような語句を口に出してみた。

やはり何も起こらない。恩藤もとくに反応しない。

(……やられる)

想星は覚悟を決めた。心構えさえできてしまえば、うろたえずにすむ。

「あんたも、ずいぶん奇妙だけど」

恩藤は、そうかな、というように肩をすくめてみせた。あるいは、そうだろう、と誇っているかのようでもあった。

「見えるんだよ、俺には」

「何が?」

「それは――」

恩藤は、ちっ、ちっ、と舌を鳴らした。

「秘密だ」

そして恩藤は想星を手招きした。拒むこともできる。しかし恩藤は、秘密を知りたければ近づいてみろ、と身振りで示しているようだった。

想星は足を一歩、前に踏みだした。恩藤も身を寄せてきた。

（——挑発に、乗せられた）

しまった、という思いは、恩藤に耳許《みみもと》で囁《ささや》かれた途端、消し飛んだ。

「むらくもをひいろにそむるほむらのて」

「……は——」

想星は自分が息を吸いこむ音と、吐きだす音を聞いた。標的。恩藤。恩藤伊玖雄《いくお》はどうでもいい。そんなものよりも、想星は噴水広場や、舗装された路面、茂み、外灯、木立、芝生を次々と見た。

（やばい、やばいじゃないか、やばい、これじゃだめだ、ここじゃ、やばい、やばい）

想星は駆けだした。公園を出て、車道を見た。車通りはない。

「何だよ……！　こんなときに……！」

『想星!?　どういう状態なの!?』

想星は走った。高い建物が目に入った。何の建物だろう。想星にはわからない。どうでもいい。とにかく十分な高さがある建物だ。それが重要だった。

「これだ！」

『何がこれなの、想星!?』

「これだ……！」

その建物の非常階段は建物の外に設置されていた。外階段だった。

想星《そうせい》は非常階段を駆け上がった。ときおり下を見て、高さを確認した。

「まだだ！　まだ！」

『想星……！』

「まだだ……！」

想星は非常階段を上りきった。鉄柵があった。開閉できる。でも、鍵が掛かっていた。

想星は難なくよじ登って鉄柵を乗り越えた。

想星は建物の屋上に躍りでた。屋上の縁まであっという間だった。そこから下を確認した。転落防止柵などが設置されていたら台なしだ。見たところ、そういった類いのものはなかった。

下の通りに恩藤《おんどう》がいた。想星を見上げている。笑っているように見えた。

「よし！」

想星は屋上から飛ぼうとした。足からではなく、頭から落ちないといけない。高飛び込みの要領だ。迷いはなかった。

不意に体から力が抜けて腰砕けにならなければ、想星は飛んでいた。

飛ぶ代わりにへたりこんで、想星は屋上の際《きわ》に膝をついた。

「――……え？」

『想星？　また死んだの？』

「いやっ――」

想星は屋上から顔を出した。

下の通りで、恩藤が倒れている。

「なっ……」

何があったのか。

恩藤の近くに誰かいる。いた、と言ったほうが適当かもしれない。その人物はおそらく、少し前まで恩藤のそばにいた。今は歩き去ろうとしている。

「羊本《ひつじもと》さん」

『……想星？　何を言っているの？　ひつじもと……？　何のこと？』

通行人が恩藤の周りに集まりはじめている。その中の一人が恩藤を介抱しようとした。悲鳴のような声が上がる。数名の男女が、救急車、とか、警察だ、とか叫んでいる。

羊本はもう付近にいない。いるのかもしれないが、想星には見つけられない。

「姉さん」

想星は顔を引っこめた。

「……やつは死んだみたいです」

『は？』

「確かめたわけじゃないですけど、たぶん」

『想星《そうせい》、おまえがやったの?』

「違います」

『でしょうね』

想星は屋上から離れた。鉄柵を乗り越え、非常階段を下りずに扉を開ける。廊下に出た。ドアが並んでいて、向こうにエレベーターがある。この建物は賃貸マンションらしい。

『じゃあ、誰の仕業?』

想星は足早に廊下の突き当たりまで行った。エレベーターのボタンを押した。

「詳しいことは――」

やがてエレベーターのドアが開いた。想星はエレベーターに乗りこんだ。

「あとで報告します」

『そうね。とりあえず、一刻も早く離脱しなさい』

「はい」

想星は建物をあとにして、地下鉄に乗った。

(……いないよな?)

羊本《ひつじもと》を捜してみたが、見つけることはできなかった。車輪町《しゃりんちょう》の駅で下車し、ホームで列車から出てくる客を観察した。やはり羊本はいない。想星は念には念を入れてもう一本、次の列車が来るまで待った。結局、羊本は下りてこなかった。

(何をやってるんだ、僕は……)

想星は駅のトイレに入って個室に籠もった。

(……羊本さんは、同業者だった。きっと、そういうことなんだ。羊本さんも恩藤《おんどう》を狙ってた。言ってみれば、商売敵だった。僕は標的を横取りされたんだ。……横取り、なのかな。ちょっと違うかもしれないけど……何にせよ、僕はまんまと利用された。当て馬とか、踏み台みたいな……)

個室を出て、想星は手を洗った。習慣で丁寧に手を洗っている自分に気づいた。医者みたいだと林雪定《はやしゆきさだ》に指摘されたことを思いだした。

(――恩藤は僕だけを警戒してた。羊本さんはノーマークだった。恩藤のチートは何だったんだ？　羊本さんはどうやって恩藤を？　昼日中に、あんな場所で……)

トイレを出てからも、想星は羊本のことばかり考えていた。

(同級生の羊本さんが同業者だったなんて。僕と同じ、人殺しだったなんて……)

羊本は黒い服を着ていた。黒っぽい恰好《かっこう》をしている者はめずらしくない。想星は駅の中をぶらつきながら改札口を見張った。羊本は一向に現れない。

『想星？』

姉の声を聞いた瞬間、想星は頭に血が上った。

「はい。もうすぐ家です」

早口で答えると、イヤホンを外してポケットに突っこんだ。想星《そうせい》は駅を出た。

一つ目の信号から赤だった。苛《いら》ついた。

(イライラしすぎだろ、僕……)

「想星!」

「――ひっ」

想星は心底驚いて、大慌てで振り返った。

白森《しらもり》が手を振りながら駆け寄ってくる。制服よりずっと短いスカートだ。おまけに少し踵《かかと》が高いブーツを履いている。そのせいか、ただでさえ長い脚がもっと長く見える。白森は髪を三つ編みにしていた。学校ではそんな髪型にしていないので、別人のようだった。メイクも濃くて、赤い口紅を塗っている。しかし、あたりまえだが、顔は明らかに白森のそれだ。彼女は白森明日美《あすみ》以外の何者でもない。

(でも――でも、なんで? え? どうしてここに? どういう……? え? は? なんで、なんで、なんで、なんで? ええ? な、な、な、なんで……?)

「想星」

白森はちょっと息を切らしていた。想星のところまで走ってきたせいだった。笑顔だった。こぼれた笑みが、ふっと消え失《う》せた。

「あっ」

白森は手で口を押さえた。下を向く。

「ごめん」

（……なんで？　どうして謝ってるんだ？　なんで……）

想星は呆然《ぼうぜん》としていた。

「……今、お葬式の帰り？」

白森はそう尋ねながら、上目遣いでうかがうように想星を見た。

想星の口から、あ、とも、はっ、ともつかない音がこぼれた。

（……そう、だった。葬式。通夜。叔父さんの。そういうことになってるんだ。ていうか、僕がそういうことにした——）

「う、うん」

想星はうなずいてから、自分が両目を見開いていることに気づいた。異様なまでにバッキバキだった。無理やり瞼《まぶた》を下げて、なるべく普通の開き方に近づけた。

「そっか」

白森は横を向いた。一瞬だが、口を尖《とが》らせた。

「制服とか喪服とかじゃないから、あれ——って、思って」

「……き——がえたんだ、よ……ね。色々、あって……」

「ふうん……」

白森《しらもり》はちらっと想星《そうせい》を見たり、そっぽを向いたり、顔をさわったり、もじもじしたり、なんだか落ちつきがない。

（ていうか……怪しんでる）

想星は唾を飲みこもうとした。口の中が乾ききっていて、とうてい不可能だった。

（……だけど——でも、なんで？　なんで、ここに？　どうして？　デートできなくなったって、連絡したし。納得してもらったし。そもそも、ここは待ち合わせ場所でもないし。時間だって違うし。なんでだ？　どういうこと……？）

想星はあとずさりした。その瞬間、白森がぎょっとしたような顔をした。

信号は青だった。

「ご、ご、ごめん、あの、え、え、縁起が、縁起が悪いから……」

想星はあらぬことを口走った。気がついたら駆けだしていた。一息で横断歩道を渡り、振り向かずにそのまま走った。

11　悲しみはもういらない

（結局……）

想星は部屋でスクワットに励んでいた。

（白森さん、連絡してこなかったな……）

部屋のカーテンは閉めきっている。外はすでに明るい。月曜の朝だ。

（何か言ってくるんじゃないかと思ったんだけど……心構えは、してた——ある意味、期待してたっていうか。問いつめられたり責められたりしたら、どう答えればいいのかわからないし、怖い——けど……何も言われないよりは、まだマシっていうか……）

上半身裸でスクワットする想星の下には、水たまりができていた。

すべて想星自身の汗だ。

もう何時間もスクワットしつづけている。パンパンに張った太腿《ふともも》、膨《ふく》ら脛《はぎ》、尻、汗の池はその成果だった。

（……何でもいいから、言ってきて欲しかったんだけど。本当に、何だっていいから。連絡してきて欲しかったんだけど。こっちからはできないし。できるわけないし。無理だし。無理に決まってるし。朝まで連絡がなかったってことは——）

想星《そうせい》はスクワットをやめて激しく頭を振った。汗が飛び散った。

「……だ、だめだ！　決定的じゃないか！　な、何がどう決定的なのかわからないけど、とにかく決定的だ……！」

想星は立っていられなくなって、その場に座りこんだ。汗の池に腰を下ろす形になった。気持ち悪かった。

「くそ、くそ、くそっ……」

想星は部屋から這《は》い出《だ》して、バケツ、雑巾などを用意し、床を掃除しはじめた。

「どうしよう……どうしたらいいんだろう……白森《しらもり》さんに合わせる顔がないよ……無理だよ……学校、行きたくない……ああ、なんでだ……学校では……せめて高校に通っている間は、普通でいたかったのに……普通の高校生として、平穏無事な学校生活を送って……そのために、僕は……僕なりに、けっこう努力してきたのに……細心の注意を払ってきたつもりなのに……」

掃除が終わると、想星は洗濯物をぜんぶ洗濯機に突っこんだ。洗濯機が回っている間にシャワーを浴び、エナジーバーや果物、プロテインを大量にぶちこんだ牛乳などで朝食をすませた。身支度もととのえた。

想星は車輪町《しゃりんちょう》の一軒家に一人で住んでいる。姉はめったに顔を出さない。家の所有者は父親だ。想星や姉の父親はこれ以外にも複数の物件を持っている。

想星はスマホをチェックした。

「連絡なし、か……」

家を出て学校へ向かう間、何回、スマホをさわってラインのトーク画面を開いただろう。数えきれない。

下駄箱《げたばこ》で林雪定《はやしゆきさだ》と出くわした。

「おはよう、想星」

涼やかな笑みだった。想星は気後れして、伏し目がちになってしまった。

「……おはよう」

「あれ？　元気ないね」

「そ、そう？　かな……？」

「具合でも悪いの？」

雪定はぐっと近づいてきて、想星の顔をのぞきこもうとした。

「……だ、大丈夫」

想星は思わずあとずさりして横を向いた。

「ちょっと、寝不足……かも？　それくらいかな。思いあたる節は……」

「そっか。無理しないほうがいいよ」

「うん。ありがと」

雪定《ゆきさだ》は笑顔でうなずいてみせると、行ってしまった。

（……あ、一人で行くんだ？　同じクラスなのに、教室まで一緒に行かないんだ……）

想星《そうせい》はしばらくの間、下駄箱《げたばこ》から動くに動けなかった。突っ立っているのも何なので、意味もなく外履きと上履きを下駄箱に入れたり出したりした。

（……雪定、気を悪くしたのかな。それとも、僕の様子が変だから、そっとしておいてくれた、とか？　どっちにしても、あとで謝ったほうがいい――のかな。もっと謝らなきゃいけない相手がいるわけだけど……）

想星はハッとした。慌てて上履きを履き、教室へと急ぐ。

（白森《しらもり》さんは僕より登校時間が遅い。まごまごしてたら、ここでばったり会っちゃう。それはまずい……のか？　謝らなきゃいけないとしたら、教室よりもかえって下駄箱のほうがいいんじゃ――でも、どうやって謝ればいいんだよ……）

教室に入ると、ワックーこと枠谷光一郎《わくやこういちろう》が敬礼のような仕種《しぐさ》をした。

「チョイーッ！」

できることなら、想星もチョイーをしたかった。初体験はすませている。もうちゃんとチョイーを返せるはずなのに、今日の想星には難しすぎた。

「……おはよ」

小声で挨拶をして、足早に自分の席へと向かう。

想星は席についてから羊本《ひつじもと》を一瞥《いちべつ》した。彼女はいつもどおりだった。窓際の一番後ろの席で頬杖《ほおづえ》をつき、外を見ている。

（……まさか、この学校に、僕以外にも人殺しがいるなんて――）

昨夜、姉との反省会はかなりの長時間に及んだ。

『――いい、想星？』

想星はイヤホンをつけて自室で正座していた。姉にそうしろと命じられたからだ。部屋には想星一人だった。それなのに、疲れてきて足を崩したり、猫背になったりすると、なぜか姉にすぐばれて叱られた。

『恩藤伊玖雄《おんどういくお》が、何らかの方法によって大勢を自殺に追いこんできた――すなわち、殺害してきたのは確実よ。想星、おまえも恩藤に妙な言葉を囁《ささや》かれた直後、走行中のトラックに飛びこんだでしょう？　あれはおまえの意思じゃない。でも、間違いなく自らすすんでやった。恩藤はそういう殺し方ができる男なのよ。私の推計によれば、犠牲者は二百人以上。私たちの標的は、めったにいないレベルの連続殺人者だった――』

本来なら、想星は恩藤をしとめて、仕事をやりとげなければならなかった。ところが、恩藤のチートで一度ならず二度までも自殺させられそうになったのだ。

『しかも、おまえは同業者に先を越された』

「……はい」

『さらに、おかげで飛び降り自殺をまぬがれたなんて、間抜けにも程があるわ』

「……すみません」

『恥を知りなさい、想星《そうせい》。この間抜け。加えてその同業者が、同じ学校に通っている高校生──おまえの同級生ですって？』

白森《しらもり》のことは仕事とは関係ないから、姉には一切話していない。だが、羊本《ひつじもと》については洗いざらい白状するしかなかった。想星としても放置できない問題だ。やむをえない。

『ねえ、想星、私たちは二人で一人なのよ。そうでしょう？』

姉は怒りすぎると一周回ってやさしい口調になる。

『チャーチ・オブ・アサシンの〝魂の収奪者《ソウルロバー》〟、〝生命を刈りとる者《ライフリーパー》〟、〝死天使サマエル〟といったら誰のこと？　そうよ。私たちのことだわ、想星。サマエルは狙った獲物を見逃さない。依頼の達成率は九十九％。おまえがしくじったりしなければ百％で美しかったのに、過ぎてしまったことを嘆いても仕方ないわ。そうでしょう？』

くだらない異名にも、依頼の達成率にも、属している組織にも、想星は興味がない。

（……正直、この仕事自体に関心がないんだ、僕は。やりたくてやってるわけじゃないし。異常者じゃないんだから。ただ、しょうがなく……いいとか、悪いとか、考える余裕もなかったし……すべての元凶は、父さんだ──）

『ねえ、想星』

姉は猫撫《ねこな》で声《ごえ》に近い語調で言った。

『その羊本くちなという女のことを、よくよく調べないといけないわ。おまえもそう思うでしょう？』

「……はい、姉さん」

『そうよ。だって、その女は私たちから標的を奪った。サマエルの獲物をかっさらったのよ。組織の者じゃない。それは間違いないわ。もともと組織が請け負った仕事なんだから。依頼人が複数の業者に同じ仕事を発注した。その線でしょうね。ままあるケースだし。我が組織のサマエルは出し抜かれて、その女――羊本くちなが標的をしとめた。敵を知り、己を知れば、百戦あやうからず。いい？　まずは敵を知るのよ、想星――』

（……羊本さんを、調べる）

想星は机に突っ伏した。額と鼻を机に押しつけた状態でため息をつく。

（まあ、さ――気にはなるよ？　羊本さんのことは。そりゃね？　だけど、気合いが入らないっていうか。それどころじゃないっていうか。今じゃないっていうか。違うんだよな。どう考えても、今は羊本さんじゃない……）

そうこうしている間に、何人か教室に入ってきた。

「おっはよー」

白森《しらもり》の声だった。

「チョイーッ」

すかさずワックーがいつもの挨拶をかました。

「ちょいーっ」

白森は間髪を容《い》れず、チョイー返しをした。

（……元気そうだね？）

少なくとも、声から受ける印象は平素と変わらない。

白森はその後も数人と挨拶を交わした。まだ席にはついていない。友だちとおしゃべりをしているようだ。ときおり笑い声が混じる。

（……普通に楽しそうだね？）

想星《そうせい》は少し上体を起こし、横目で白森の様子をうかがった。白森は仲のいいモエナこと茂江陽菜《しげえひな》やワックー、その他数名と、わいわいきゃあきゃあ騒いでいる。

（……普通、ではないか……）

想星はふたたび机に額と鼻を押しつけた。

（僕のこと、完全に無視してるわけだし。普通じゃない。……僕のせいだけどね？　そうだよ。無視されて当然だ。ぜんぶ、何もかも、僕が悪い……）

授業が始まるまでの短い間に、ワックーを含めた何人かの同級生が心配して声をかけてくれた。そのたびに想星は、何でもない、と答えたが、我ながらあまり説得力がないような気がした。

「本当に平気？」

一時間目のあと、雪定《ゆきさだ》がやってきた。

「あぁ、うん……」

想星は不覚にも涙ぐんでしまいそうになり、何もかも打ち明けたくなった。

（……もちろん、そんなわけにはいかないんだけどさ。いけない。心が弱ってる――）

「平気、平気。いやほんとに。なんか眠くて。うん。寝不足だよね、完全に……」

想星があくびを噛《か》み殺《ころ》すふりをしてみせると、雪定は納得してくれたようだった。

「つらいなら、授業中に寝ちゃえば？」

「あぁ。できなくて。僕、居眠りは、なんかね。何だろう。どんなに眠たくても、眠るとこまではいかないっていうか。人前で眠るのが苦手なのかな……」

「おれ、目を開けたまま眠れる」

「え、すご」

「だから、居眠りしてても、先生に当てられない限りバレないよ」

雪定との会話は、癒やしと心の平安を想星にもたらした。

(居眠りしてみようかな。短時間でも仮眠とったりすると楽だったりするし。今ならできそうな気も……)

気のせいだった。

授業が始まると、想星《そうせい》はどうしても白森《しらもり》のことが引っかかり、居眠りするどころの騒ぎではなかった。

(――でも、見ないほうがいい。見ちゃだめだ。見ない。見ないぞ。見ない……)

我慢に我慢を重ねたあげく、耐えきれなくなると、想星はおそるおそる白森のほうに視線を向けた。

その回数、五十分の授業時間中に、十数回。正確には、十七回。

ただの一度も、一瞬たりとも、白森と目が合わなかった。

(……嫌われてるわぁ)

午前中の授業が終わる頃には、想星の精神は燃えかすに近い状態になっていた。

(あんなことをしでかしたわけだから、当然の報いなのかもしれないけど。これは本格的に嫌われちゃってますわぁ……)

想星は昼食のサラダチキンとエナジーバーを持って席を立った。白森の動静を探る勇気はもうない。素早く教室を出て、渡り廊下へと向かった。

体育終わりの生徒が行ってしまうと、渡り廊下には想星しかいなくなった。

サラダチキンには口をつける気になれなかった。想星はエナジーバーを半分だけ食べた。それが限界だった。

「……このまま――ってわけには、いかないよな……」

想星は思いきってスマホを取りだした。かなり迷ったが、震えが止まらない指でラインのトーク画面を開き、白森にメッセージを送った。

話せませんか？

渡り廊下におます

送信してから、「います」が「おます」になっていることに気づいた。

「あぁぁっ！　これじゃ、ふざけてるみたいじゃないか……」

数秒で既読がついた。

想星はスマホを握り締めて返信を待った。

昼休みが終わる直前まで渡り廊下で白森の返事を待ったが、なしのつぶてだった。

「……これが、既読スルー……」

12　告白未遂

既読スルーの破壊力はすさまじかった。何しろ、想星《そうせい》にとって生まれて初めての既読スルーだった。実際に既読スルーを食らう前と食らってからでは、想星の中の既読スルーという概念は激変した。

(既読ってことは、読んでくれてはいるわけだし、無視よりはよくない？)

想星はそんなふうに考えていたのだ。既読スルー被弾前は。

被弾後はこう思うようになった。

(……読んだ上でスルーされるって……信じられないほどきつい……想像を絶する……絶対的な絶望感……既読スルーは人を殺せる武器……僕はまだ命めっちゃあるけど……命は減らないのに、この毎秒死んでる感じ……)

午後の授業は地獄だった。想星は地獄で地蔵と化した。お地蔵さんのように、教室の自分の席にただ座っていた。いや、お地蔵さんは座ったりしない。立っている。想星は椅子に座っている想星の形をした像だった。座像だ。

本日の授業がすべて終了したあと、動くに動けず、教室に留《とど》まってしまう愚だけは犯すまい、という考えはあった。

(それは——それだけは、まずい。雪定《ゆきさだ》とかワックーとかに心配かけたくないし。今、気遣われたりしたら、やばいし。泣いちゃうかもしれんし。ほんとにそれだけは……)

だから想星は、いち早く教室を出てトイレに直行し、個室に立て籠もった。

(……放課後、すげーよくトイレ入ってるじゃない、僕。これだともう、おなか痛すぎる人みたいじゃない。おなかは痛くないけど、胸は痛いんだわ。もうマジ嘘《うそ》みたいに痛いんだわ、胸が。心臓どうにかなっちゃってんじゃないの、これ……)

一人便座に座っていても、いつの間にかスマホをきつく握り締めていた。

(……期待してるのか、僕は？　白森《しらもり》さんが返信してくれるんじゃないかって。この期に及んで、馬鹿なのかな？　馬鹿なんだろうな。既読スルーがスルーじゃなくなる日なんて来ないだろ。わかんないけど、来るわけないんだよ。たぶん来ない。来ないんじゃないかな。きっと来ないよね。来ないのかなぁ……)

想星は頭を左右に振った。右に振る。

(返信、来る)

左に振る。

(来ない)

それをひたすら繰り返した。

(来る。来ない。来る。来ない。来る。来ない。来る。来ない。来る。来ない——)

気がついたら、けっこう時間が経《た》っていた。

「本当に、何やってんだ、僕……」

想星《そうせい》は個室を出た。スマホを顎と鎖骨の間に挟んで手を洗う。いつスマホが鳴動するかもしれない。白森《しらもり》が返信してくるかもしれない。

「……来ねえし」

想星はトイレをあとにして教室へと向かった。

校内にはもう、部活動に精を出している生徒くらいしか残っていない。

(いや――)

教室に入ると、案の定、羊本《ひつじもと》が窓際一番後ろの席で頬杖《ほおづえ》をつき、窓の外を見ていた。

想星は自分の席まで歩いていった。鞄《かばん》を手にとろうとする。

(仕事……なのかな、これ。姉さんの命令だけど、依頼じゃないし。羊本さんのことをいくら調べたところで――たとえ殺したって、無報酬なんだよな。そもそも、仕事でどれくらい稼いでるのか、僕は知らないけど。そのへんはぜんぶ姉さん任せだし……)

想星は椅子を引いて腰を下ろした。

(このまま帰ったら、何か成果はあったのかとか、姉さんに問いつめられて。たぶん、その場しのぎで適当に報告して、怒られたりして。謝って。今度からちゃんとやりますとか言って、反省したふりして――わぁ、考えるだけで、いやになる……)

「高良縊《たからい》は」

声が聞こえたとき、空耳だと想星は思った。

念のため、羊本のほうに目をやった。羊本は相変わらず頬杖スタイルで窓の外を見ているようだった。少なくとも、想星のほうに顔を向けてはいない。

（……やっぱり、空耳か）

納得しかけたその矢先に、また低い声が聞こえてきた。

「白森さんと付き合ってるんじゃないの」

「えっ……」

想星は言葉を失った。

羊本が頬杖をついたまま、ちらりと想星を見た。剃刀《かみそり》で切りつけるような視線だった。

「一回も話してなかったから」

「え、なっ、――えっ……」

想星は机の下で両手を組み合わせた。顔が引きつる。両脚が貧乏揺すりを始めた。

（……たしかに僕は今日、白森さんと一回も話してないけど、なんで羊本さんが。僕と白森さんが付き合ってるってことは、クラスで広まってたっぽいし、知っててもおかしくはない……のか？　ていうか、羊本さん、友だち一人もいないでしょ、確実に。それなのに、いつも一人で学校に残って――今は一人じゃないわけだけど。僕と二人だけど……）

「喧嘩《けんか》でもしたの」

羊本《ひつじもと》が言った。

ややあってから、ひょっとして、と想星《そうせい》は思った。

(……ひょっとして、質問されてる？　語尾が上がってなかったけど。だいたい、羊本さんのしゃべり方、全般的に抑揚がないんだよな。……僕、羊本さんに質問された？)

「かっ――」

想星は咳《せ》きこんでしまった。

「……か、かっ、関係ないだろっ……」

羊本はしばらくの間、じっと窓の外を眺めやっていた。十五秒ほどは沈黙が続いた。

「そうね」

羊本はぽつりと言って、二度、微《かす》かにうなずいた。

「わたしには関係ない」

(――だよね？)

想星はどうにも落ちつかなかった。

(関係ないって。どう考えても……なのに――羊本さん、なんか、傷ついてるっぽい空気が。僕が傷つけた、みたいな雰囲気、出さないで欲しいんだけど……)

結局、耐えられなくなって、想星は席を立った。

鞄《かばん》を持って教室を出ようとした。出入口の手前で想星の足がぴたりと止まった。

（……挨拶なんて、する流れじゃないけど。でもなぁ。黙って帰るのも感じ悪いし。いいんだけど。羊本さんに感じ悪いって思われても。いいっちゃいいんだけど……）

迷った末に、想星は回れ右をした。

「さよなら」

声をかけると、羊本はすぐさま想星のほうに顔を向けた。

羊本は少し口を開けていた。目つきは険しくない。

想星と目が合うと、羊本はうつむいた。

「ぁ――さよう……なら」

想星は思わず笑いそうになった。こらえて、教室を出た。

（……羊本さん、慌ててた。意外と普通なんだな。目つきが悪いのは、顔の造りがそうだからとかじゃないのか。常時、誰彼かまわず睨《にら》みつけてるってこと？　何のために？　視力が弱くて、そうしないとよく見えないとか――）

下駄箱《げたばこ》で外履きに履き替えていたら、頭が痛くなってきた。

（何にも調べてないよ。羊本さんについて。本人に直接当たる前に、周辺からってことにしようかな。住所は調べられるし、中学とかもわかるはずだし。そうしようか。何もしなかったら、姉さんがうるさいし……）

駅までの道すがら、想星《そうせい》は調査のプランを練った。何せ気が乗らないので、なかなか計画の輪郭が見えてこない。

（まあ、適当でいいか。姉さんに怒られるだろうけど。そのときはそのときだ……）

駅のホームで列車を待っていると、ポケットの中でスマホが鳴動した。想星は一瞬、ビクッとした。

（……まあ姉さんかな。姉さんだろうな。返信は来ない。さすがにあきらめた……）

ため息をつき、ポケットからスマホを出した。

「わぁっ……！」

想星はつい叫んでしまった。列車を待っている人びとが一斉に想星を見た。

「ご、ごめんなさい……」

想星は謝りながら列車待ちの列を離れた。ホームのベンチが空いている。そこに座り、あらためてスマホを確認した。

「……し、白森《しらもり》さっ——明日美《あすみ》からの、返信が……っ……」

心臓が暴れに暴れている。想星はラインのトーク画面を開いて文面を確認した。

無視してごめんなさい　話せる？

「——……っとぉ……？　こ、これはぁ……っ……」
想星は何度も白森のメッセージを読み返した。動悸《どうき》はしずまらない。むしろ、激しくなる一方だった。
「は、話せ……ます——と」
想星は必死の思いで指を動かし、白森にメッセージを返した。即座に既読になった。レスが来た。

今どこ？

「え、えぇーと、駅、です——っと、わっ、もう返信が」

司町？　駅の中？

「……ホームにいます、と」

待ってて　5分　いい？

「……五分？　もちろん、ＯＫ――っと。え？　五分？　てことは、この近くにいるのか。え？　来るの？　しらっ――あ、明日美《あすみ》が？　ここに？　えええっ……」

想星《そうせい》はベンチの上で正座をした。

「ち、違う。これは、完全に間違ってる……」

膝を崩してあぐらをかく。

「――これも違うっ。普通に座ってればいいんだ。……いや？　どうだろ？　立ってたほうがいいのかな？　どっちがいいんだ？　やばっ。僕すごい声出して呟《つぶや》きまくってる。めちゃくちゃ変なやつじゃないか。周りの人を怖がらせてる……」

そうこうしている間に、五分は過ぎ去った。ほぼ五分ちょうどだった。

白森《しらもり》だ。ホームに現れた。

想星は飛び跳ねるようにベンチから立ち上がった。

右手を上げかけて、途中で止めた。

白森は駆け足で近づいてくる。想星がここにいることはわかっているはずだ。でも、白森は目を伏せて、想星の顔を見ようとしない。

「五分以上かかっちゃったかも」

白森の第一声はそれだった。下を向いたまま、想星の足あたりを見ている。

「きっかり、五分だよ」

想星は震える声でそう応じた。

（――謝らないと。まずは謝らなきゃ。謝らないと。謝るんだ。あやま――あれ？　何を謝ればいいんだっけ。謝らなきゃだめなんだけど。それは間違いないんだけど……）

さっきまで想星が座っていたベンチを、白森が視線で示した。

「座る？」

「あぁっ……は、はい……」

想星が思わずかしこまって答えた瞬間、白森はちょっとだけ笑った。白森が笑ってくれただけで、想星は浮き立った。

（……いやっ。まだ許してもらったわけじゃない……）

想星は自分にそう言い聞かせてベンチに腰を下ろした。白森も座った。

四人か五人掛けのそこそこ長いベンチだ。白森は想星から五十センチ以上距離をとって座った。

（……許して……もらえるのか？　でも、わざわざ話しにきてくれた――）

「あのっ」

想星が思いきって切りだそうとしたら、同時に白森が口を開いた。

「訊《き》きたいことがあって」

「……あっ」

「え？」

「いやっ……ど、どうぞ」

「あ、うん」

白森《しらもり》はうつむいた。靴の踵《かかと》で何度か床を叩《たた》く。それから、深呼吸をした。

「……想星《そうせい》、あたしに嘘《うそ》ついたよね」

「うっ……——」

想星はきつく目をつぶった。

（——嘘……は、ついた。だって、ほんとのことなんて言えない。言えるわけないし。でも、そんなの言い訳にならない。つきたくてついたわけじゃなくても、嘘は嘘だし——）

目を開けることはできなかった。想星はできることなら何も見たくない気分だった。

「……嘘、つきました。ごめんなさい」

「やっぱり」

白森はそう言ったきり、黙りこくった。

列車が来て、客が降りたり乗ったりした。列車が走り去った。

想星はこわごわと目を開け、そっと白森の顔をのぞき見た。

白森は下を向いていた。泣いてはいなかった。唇がわずかに開いている。肩を落とし、疲れきっているかのようだった。

「……白森、さん？」

想星が呼びかけると、白森は頬を膨らませてみせた。無理をしている感じがありありと表れていた。

「呼び方」

「……ごっ、ごめんなさい」

「嘘は、いや」

「です……よね」

「すっごく、いやなの。嘘つかれるのが」

白森は微笑《ほほえ》んでいるようでもあり、今すぐ泣きだしそうでもあった。

「あたし、母子家庭で。うち、ママとあたしだけなんだけど」

「……そう、なんだね」

「ママとパパが離婚したのは、あたしが小六のときで。今、どうしてるのかな。わかんないんだよね。音信不通」

「その……連絡は、とろうと？」

「まあ、知り合い辿《たど》って、捜してみたりとか。そのくらいだけど」

「……会いたいの？　お父さんに」

「微妙」

白森《しらもり》は首をひねって少し笑った。

「何だろ。けっこう、ていうか、かなり？　チャラい人で。ママにもあたしにも、怒ったりとかは絶対しなかった。いろんなとこ遊びに行ったりとかもしたし」

「いい父親……だったんだね」

「パパのことは、好きだったけど」

白森は前屈《まえかが》みになり、両手で自分の肩を抱いた。

「とんでもない嘘《うそ》つきだったんだよね。細かい嘘、いっぱいつくの。何時に帰るとか言って、帰ってこないとか。明日は何するって約束して、平気で破るとか。これ、めっちゃ引くんだけど、名前いくつか使い分けてて――」

白森の父は、たとえば、タカシ、ヒロシ、マサシ、といった具合に複数の通り名を持っていた。それだけではない。通り名ごとに職業、年齢なども変え、別々の人間関係を構築していた。タカシはタカシの友人たちに金を借りていたし、ヒロシにはヒロシの交際相手や浮気相手がいた。マサシは競馬場やパチンコ店に遊び仲間が大勢いた。

当然、そんな多重生活がいつまでもうまくいくものではない。タカシの嘘に綻びが生じると、ヒロシの嘘もばれ、マサシの嘘も破綻した。

「――あたしのパパ、すごくない？　借金の額はそんなでもなかったし、なんとかなったけど。嘘つきだなとは思ってた。でも、そこまでは想像できないし。やばいよね」

想星《そうせい》は首肯することも否定することもできず、黙って聞いていた。

白森は上体を倒したまま、話を続けた。

「ママはなんか変だなって怪しんでたみたいだけど。あたしは、ぜんぜん。完全に騙《だま》されてた。もちろん、ね。どれもこれもショックだったけど。一番は、さ――」

「うん」

想星は相槌《あいづち》を打った。

「一番は……」

白森はそう繰り返してから、大きく息を吐いた。

「……一番は、パパが出てったとき。帰ってくるって言ったのに。あたしと指切りまでして、約束したのに。出てったきり、帰ってこなかった。パパは、最後まで嘘つきだった。あたしに嘘をついて、いなくなっちゃった」

(――ひどい父親だ)

想星は自分の体に血が通っているような気がしなかった。

(僕は、なんてひどいやつなんだ……)

また列車が来た。

列車から乗客が降りる。

乗車するために並ぶ列の中に、羊本《ひつじもと》の姿があった。

しかも、羊本《ひつじもと》は想星《そうせい》と白森《しらもり》のほうに目をやっていた。

羊本は想星の視線に気づくと、前に向きなおった。列が動きだした。羊本も間もなく列車に乗りこんだ。

「きっと、何か事情があったんだよね」

白森の声は発車ベルに半分かき消された。

羊本を乗せた列車が走りだした。

列車が行ってしまうと、ホームは妙に静かになった。

「普通に話せるような理由なら、言ってるもんね。あたしに話せないことだから、想星は嘘《うそ》ついたんでしょ」

白森は自分自身を説得しようとしているかのようだった。父親に嘘をつかれるたびに、そうやって納得しようとしていたのかもしれない。

「は、話したら……」

想星は震えが止まらなかった。ひどく汗もかいていた。

「はな、話し、は、話したら……はっ、話して、しまったら……」

白森が上体を起こして想星を見た。

その白い肌は返り血など一度も浴びたことがないだろう。

彼女の瞳は、額を撃たれてもう動かない人間の死体を映したりしない。

（――どう、なる？）

もし白森に秘密を明かしたら、どうなるのだろう。

実は、高良縊《たからい》想星は人殺しだと。金をもらって人を殺してきた。暗殺者なのだと。

誰でも殺すわけではない。想星が手にかけたのは人殺しか、平気で誰かに人を殺させるような人でなしばかりだ。

（だから、僕は――一般の人たちにとっては、危険な存在じゃないし……そんなに怖がらなくていい。少なくとも、きみのことは殺さないから、大丈夫だ――って？）

日曜に想星は何をしていたのか。むろん、叔父が死んだのではない。

（あの日も僕は、人を殺しに行ったんだ。殺せなかったけど。獲物を横取りされたんだ。

誰の仕業だと思う……？）

何を隠そう、商売敵は同級生だった。

（羊本さんだよ。羊本くちな。あの、誰とも口をきかない、変わり者の同級生が、同業者だったんだ。こんなことを話して、信じてもらえるかな。僕はたくさん殺してきたんだ。この仕事を始めたのは、十一歳のときだから――てことは、そうか、白森さん……明日美《あすみ》のパパが出ていった頃にはもう、僕は人を殺してたんだな）

洗いざらい打ち明けたら、どうなるだろう。

「は、話したら――」

想星《そうせい》は腿《もも》の上に手を置いた。震えは止まった。汗もそのうち引くだろう。

「明日美《あすみ》に、迷惑がかかる。だから、話せなかったんだ。ごめんなさい」

「そっか」

白森《しらもり》の声はか細かった。

「わかった。でも、それだったら、嘘《うそ》つかないで、理由は話せないけど行けないって、正直に言って欲しかった」

「そうだね。そうするべきだった」

脈拍は正常で、体のどこにも余分な力が入っていない。想星は落ちついていた。

(つまり、これは——別れ話なんだ。付き合うって言っても、それらしいことはほとんどしてないけど……それでも白森さんは、僕らの関係を曖昧にしないで、ちゃんと決着をつけるために、直接会って話す機会を作ってくれた。しっかりした人なんだ——)

「車輪町《しゃりんちょう》の駅で会ったとき」

白森はそう言ってくすっと笑った。

「びっくりしたでしょ」

「うん。とてもびっくりした」

「驚かせてごめんね」

白森はまだ笑みを浮かべている。笑うと、そう目立たないが、少しえくぼができる。

（……なんでそんなふうに笑うんだろう）

想星はいくらか面食らっていた。

（これ、別れ話……だよね？　ていうか、話はもうだいたい終わってるような……）

「あそこにいたら──」

白森はまた前屈《まえかが》みになって、膝を手で押さえた。

「もしかしたら、だけど……一瞬でもいいから、顔見れたりしないかなって。そんなこと、考えちゃって。バカみたいだよね、あたし」

「いやっ……」

想星は首を横に振った。力強く、何回も振った。

「ばばばっ、バカなんてことは、ないっ──んじゃない、かな、と……」

「実際、見れたし？」

白森は目を細め、歯をのぞかせた。想星をからかっているようでもあり、照れ隠しをしているかのようでもあった。

（……あれぇ？）

想星は頭を抱えたくなった。

（どういうこと？　えぇ？　別れ話をしたあとの雰囲気じゃないような……？　ひょっとして僕、間違ってる？　勘違いしてた……？）

「今度は」

白森《しらもり》が言った。

想星《そうせい》はまばたきをした。

「……こ、んど？」

「次はすっぽかさないでね」

「はい」

想星は即答したが、混乱していた。心臓が高速で脈打っている。胸が痛い。

（なんで？　次？　今度？　え？　どういうこと……？　それ――って、次が……今度が、あるってこと？　もしかして、別れ話じゃなかった？　別れるわけじゃない？　僕らはまだ、付き合ってる……？）

13　これでいいのだ

（──調べるさ）

高良《たから》縊《い》想星は一計を案じた。

（調べればいいんだろ。羊本《ひつじもと》くちなのことを。じっくり調べてやろうじゃないか。所詮は高校生なんだから。隠れ家がわからない殺し屋とか、要塞みたいな屋敷から出てこない標的とかじゃないんだ。調べようと思えば、いくらでも調べられる。調べられることはたくさんあるんだ。たんまり時間をかけて、調べてやる……）

想星は車輪町《しゃりんちょう》の駅で列車を降りた。家には帰らなかった。

羊本の住所はちょっと調べただけで判明した。地番によると、駅から徒歩で二十分以上かかる。車輪町と呼ばれる地域の端のほうだ。

ゆっくり、というか、のんびり歩いていると、白森からラインが来た。

想星はメッセージを返しながら、周辺の建物や商店などを確認しつつ、羊本の家を目指した。決して急がなかった。ときどき立ち止まって、白森からのメッセージを読み返してにやにやした。返信することもあった。すぐに既読がついて喜んだり、レスを待ちがてら遠回りしたりもした。

（慌てず騒がず、念入りに調べないとな。何しろ、この僕から――チャーチ・オブ・アサシンの〝死天使サマエル〟から、まんまと獲物を横取りした同業者なんだから。羊本《ひつじもと》さんが恩藤《おんどう》を尾行していたのはほぼ間違いないし、やつが倒れた現場にもいた。でも、ただそれだけで、決定的な場面を僕は見ていない。恩藤の死因は心停止だとか。ようするに、原因は不明で、とにかく心臓が止まって死んだってことだ。手口はまったく不明。間違いなく羊本さんがやったとは言いきれない……）

止まったり歩いたりしていたら、また白森《しらもり》からラインが届いた。

そういえば想星
チョコ好き？

「……チョコ？　まあ、嫌いじゃないけど。あんまり食べない――っていうか、最後に食べたのいつだったたっけ……」

想星《そうせい》は手にしているスマホが電流を放ったかのようにビクッとした。

「えっ――チョコ……って……まさ、か……い、いや、ババババレンタインなんてまだまだ先じゃないか……そうだよ……で、でも、僕らは付き合ってる……別れてないっぽい、ということは――僕は、チョコをもらえてしまう……？」

想星は来た道を戻った。しばらく歩いてから回れ右をし、また歩いた。足を止める。

ふだんは食べないのですが、けっこう好きです

「……こんなところ――かな？　さりげない答えっていうか。こんな感じ……？」

想星はメッセージを送信した。既読になった。間もなくレスが来た。

あたしもチョコ好き
チョコのケーキ食べにいく？

「……はーい」

想星はつい声に出して返事をし、えへへっ、と笑ってしまった。ただちにレスをした。

はい、喜んで！

（ビックリマークはどうかな……やりすぎかな？　でも、気持ちを表したいし。いいや、送っちゃえ――）

想星《そうせい》は思いきってメッセージを送り、直立不動で待った。来た。

やったぁ

数匹の猫が乱舞するようにして喜んでいるスタンプがそれに続いた。

「……ケーキかぁっ」

想星は目頭を押さえた。

「ケーキ自体、ほとんど食べたことないのに、一緒に食べに行くのかぁっ。マジかぁっ」

通行人がちらちら想星を見ている。想星は咳払《せきばら》いをして歩きだした。

(――調べるよ？　ええと、住所的には、そろそろかな。このへんか。うーん……)

コンビニがある。二階建てのアパートが並んでいる。古い建物も、新しめの建物もある。銭湯があった。めずらしい。

想星は建物の住居表示で住所をチェックしながら進んだ。それらしい細道を発見した。

(ここを入るのか。羊本《ひつじもと》さんは先に帰ったから、もう家かな。……仕事中かもしれないけど。本当に同業者なら――)

想星は細道に入ってみた。舗装の状態がよくない。右手に古びたアパートが二棟続いて、その先が羊本くちなの住所が示す建物だった。

築五十年以上はゆうに経《た》っているだろう。小さな二階建てだ。壁はひび割れ、屋根のペンキがだいぶ剥《は》げている。

（……この家。人、住んでるのか）

表札は掲げられていない。どの窓もカーテンが閉めきられている。玄関の郵便受けにダイレクトメールや新聞は見あたらない。

想星は一度行きすぎて、角を曲がった。

（住所はあそこなんだけどな。……ダミーとか？　ありうるか。同業者だとしたら――）

暗くなるまで白森《しらもり》とラインするなどして時間を潰した。想星はもう一度、羊本の家の前を通ってみた。

電気はついていない。やはり人の気配は感じられなかった。

（両親と羊本さん、三人暮らしのはず……）

想星は監視を続行することにした。あまりうろつくと怪しまれるので、コンビニに立ち寄ったり、ドラッグストアやファストフード店に入ったりもした。夜なら狭い路地に身を潜めて人目を避けるという手も使える。白森へのおやすみメッセージは路地から送った。

何度も確認したが、深夜になっても羊本の家には明かりがつかなかった。

（――誰も住んでない。おそらく空き家だ）

午前二時過ぎに想星は羊本の家の監視をやめ、家路についた。

（羊本《ひつじもと》さんはあの家に住んでない。連絡用か何かの拠点かな。家族だって偽装かもしれない。僕も、父さんや姉さんと暮らしてることになってる……）

自宅までもう少し、というところで姉が電話をかけてきた。想星《そうせい》はイヤホンをつけて電話に出た。

『どう？　はかどっているかしら』

「はい、姉さん」

『何か掴《つか》んだ？』

「学校が把握している住所は、住民票に登録されてるはずですけど、人が住んでる様子はないです」

『本人は？』

「仕事中かも」

『つけてないの？』

「まだです。周辺から固めようかと。姉さんのほうは？」

『いくつかそれらしい名前を洗いだしているところよ。フリーということはないだろうし。機関か、全人会か――』

「何かわかったら教えてください」

『おまえもね』

「はい、姉さん。他に何か？」

『いいえ』

「そうですか。じゃあ今日はもう休ませてもらいます。おやすみなさい」

想星は通話を切った。

姉はそれっきり何も言ってこなかった。怒っていないようだ。

「……よし」

†

夢の途中だった。枕元に置いておいたスマホが鳴動して目が覚めた。想星は夢見がすこぶる悪いので、むしろありがたかった。

「ん……」

スマホを手にとった。白森《しらもり》からラインが来ていた。横になったままチェックした。

おはよっ
もう起きてた？

想星《そうせい》は顔中の筋肉が弛緩《しかん》するのを抑えることができなかった。うつ伏せになり、枕を抱えた体勢で返信する。

今起きたところです　おはよう！
おかげでいい目覚めでした

睡眠時間は短かったのに、爽快な気分だった。想星は白森《しらもり》とメッセージのやりとりをしながら朝の支度をした。

早めに家を出て、地下鉄に乗る前に羊本《ひつじもと》宅をさっと見てきた。変わった様子はない。やはり無人のようだ。

(羊本さん、僕が教室に入ると、必ずいるな。下校が遅いだけじゃなくて、登校も早いのか。今度、思いっきり朝早く登校してみるか……)

駅のホームで列車を待ちながらそんなことを考えていると、ラインが来た。

ラインやめどき迷うよね・・・
ずっとしちゃう

「……それなぁ」

想星は思わず声に出して同意してしまった。列車待ちの列に並ぶ周りの人びとが、何こいつ、といった感じで想星をチラ見する。

（恥ずかしっ――いんだけど、意外と平気だな。まあ、僕は彼女とラインしてるし？　自慢じゃないけど）

「ふふっ……」

不敵な笑みがこぼれた。

（浮かれてるっていう自覚はあるんだけどね。さすがに……）

想星は列車に乗り、吊革《つりかわ》に掴《つか》まった。朝はほぼ満員でぎゅうぎゅうだ。

（浮かれて何が悪いんだっていう話だよ。そりゃ浮かれるって。絶対もうだめだと思ったもん。なぜか告白されて、付き合うことになって、とんとん拍子からいきなり崖にドーンみたいな。だいたい、なんで僕なんかに――）

想星は何度か白森にメッセージを送ろうとした。

（……明日美《あすみ》は、僕の何がよくて、付き合いたいと思ったんだろ。訊《き》きたい――けど、唐突だよな。そんな質問。会話の中で、そういう流れになって、とかならいいけど……）

列車が司町《つかさちょう》の駅で停《と》まった。想星は同じ学校の生徒たちと一緒に下車した。

改札を通る前に何かを感じた。

（……何だ？）

すぐにわかった。改札の向こうの柱に、誰かがさっと身を隠した。何者なのか。はっきりと見えたわけではない。しかし、想星《そうせい》には心当たりがあった。

想星はそしらぬ顔で改札を通過した。

（これは嘘《うそ》に入らないよね……？　ちゃんと見たわけじゃないし。予想だし――）

柱のそばを行きすぎようとした想星の前に、白森《しらもり》が飛びだしてきた。

「わっ」

「――うぉうっ」

想星はのけぞった。飛びだしてくるタイミングまでは予測できなかった。想星が完全に行きすぎたあとで、後ろから、という可能性もあった。だから、本当に驚いた。

「大成功」

白森は想星の反応を見て笑った。笑っている白森はきらきらと輝いて、周囲の明度を何段階か上げているように想星には感じられた。

「ええっ、えぇー……な、なんでっ……」

想星は実際、驚愕《きょうがく》していたし、うろたえていた。とくに演技をする必要はなかった。

（――なんでこんなにきらめいてるの？　眩《まぶ》しいほどなんだけど？　どんな現象？　僕の目がおかしいのかな。何なの、これ……？）

「ちょっと早く家を出て、待ち伏せしてたの」

「えぇーっ、な、な、なんで……」

「想星、なんでばっかり」

「や、でも……」

「ここから学校まで、話したりできたら楽しいかもって」

白森は照れくさそうに少し頬を染め、右手の人差し指で想星の肩を突いた。

「言わせんなぁっ」

「……し、失礼しました」

想星が頭を下げると、白森はまた笑った。

「何それ。めっちゃうける」

「え、そう、かな……」

「想星っていちいち面白いよね」

「自分では、ごく普通だと思ってるけど。普通が一番だし……」

「んー」

白森は腕組みをして首を傾《かし》げた。

「普通……ではないかなぁ。あたし的にはだけど。微妙にずれてる。もちろん、いい意味で、だよ」

「いい意味で……」

「みんな一緒だったら、逆に変じゃない？」

「それは——そう、だね。たしかに、そのとおりだと思う」

「想星《そうせい》は、いい意味でずれてる」

「ずれてる……」

想星は軽く何度かうなずいた。

（——いい意味なら、べつにいいかな……？）

「行こっ」

白森《しらもり》は想星の腕を掴《つか》んで引っぱった。二人はそのまましばらく歩いた。駅の出口の前あたりで、白森は想星の腕からぱっと手を放した。

「あっ、ずっとさわってた。ごめっ——」

「い、いや！　ぜんぜんっ……」

（逆に、ありがとう、というか——）

想星はもう少しで本音を口に出してしまうところだった。

「でも、けじめはつけないと。登校中だし」

白森は自分に言い聞かせるように言った。

「学校でいちゃいちゃする人とかもいるけど、あたし、そういうのはあんまり」

「ああ、なるほど……」

「学校以外だったら、いいけど」

「……いいんだ？」

「想星《そうせい》は？」

白森《しらもり》はぐっと顔を近づけてきた。想星はそっぽを向いてしまいそうになったが、なんとか眼球を左下方向に動かすだけにとどめた。

「……いいんじゃ、ないかと。学校以外なら」

14　猫さん

わかってきたことがある。依然としてわからないこともある。

(戸籍上は朽奈だけど、学校ではひらがな表記で通してる。名前に使う字として、朽ちるはちょっとな。父の羊本嘉津彦《かつひこ》、母の芳美《よしみ》は、実の親じゃない。羊本さんは養子……)

想星は早朝から羊本宅を監視したが、やはりひとけはない。中から羊本が出てくることもなかった。

まだ登校するには早すぎる時間だったが、想星は学校に向かった。学校に着くと、まだ玄関が施錠されていた。部活動の朝練がある生徒は職員玄関から入ることができるはずだが、想星は玄関が解錠されるのを待った。

朝一番の教室には、もちろん誰もいなかった。想星は自分の席に座った。

(羊本さんは中学校まで他県に住んでいた。県外受験でこの高校に入学。それまでに何度も住民票を移してる。親が転勤族で……とか、もっともらしい説明はつけられなくもないけど、養母の芳美は無職。専業主婦か。養父の嘉津彦は自営業。会社経営とかじゃなくて、職歴不明。いわゆる転勤族じゃないことだけは、まず間違いない――)

(――羊本《ひつじもと》くちな)

白森《しらもり》からラインが来た。想星《そうせい》はメッセージを読んで目を細めた。返信した直後だった。教室に女子生徒が入ってきた。

「っ……」

羊本《ひつじもと》くちなは想星を見て、目を瞠《みは》った。

「おはよう、羊本さん」

想星が声をかけると、羊本は無言で歩きだした。窓際一番後ろの席に腰を下ろしてから、低い声で言った。

「おはよう」

白森がメッセージを送ってきた。と思いきや、スタンプだった。

想星もスタンプを返した。

（……羊本さんはあちこちを転々として、今も住まいを偽装してる。恩藤伊玖雄《おんどういくお》を尾行していて、やつが死んだ現場にもいた。少なくとも、堅気じゃない。実行役かどうかはわからないけど、十中八九、同業者の類い——）

羊本は相も変わらず頰杖《ほおづえ》をついて窓の外を見ている。

（誰よりも早く学校に来て、何をするでもなく、ずっと一人で教室に残っている。誰とも口をきかない。スマホを手にしているところも見たことがない。友だちはいないみたいだ。養父母が健在かどうかも不明——）

想星は寒気のようなものを感じて身震いしそうになった。

（……どこからどう見ても、普通じゃない。異様だ。みんな、かなりの変わり者だと思ってるし、関わり合いにならないようにしてる。僕もそうだった。ただの、ものすごく変わった、同級生だって――）

高良縊《たからい》想星はどこにでもいる普通の高校生になりたかった。

普通の生活をしたい。むろん、それはある。ただし、もう一つ理由がある。

どこにでもいる普通の高校生のふりをしていれば、変に怪しまれることがない。

（僕とは違うやり方だけど……いくら変人だからって、まさか人殺しの片棒を担いでるなんて――その手で人を殺してるかもしれないなんて、誰も疑わない……）

気がつくと、羊本が想星のほうに顔を向けていた。頬杖はついたままだった。

いつもの射貫《いぬ》くというか射殺すような、恐ろしいほどに鋭すぎる眼光ではなかった。半開きくらいの、少し眠たげにも見える、そんな目つきだった。

「白森さんと」

羊本の低い声は、かすれ、ぼやけて、消え入りそうだった。

「うまくいってる」

想星は息をのんだ。

（……語尾、上がってなかったけど。今のって、質問？　僕、訊《き》かれてる……？）

羊本《ひつじもと》はじっと想星《そうせい》を見すえている。

(——見てる。すごい見てるよ。返事を待ってる感じ？　ええと、質問、何だっけ。たしか、白森《しらもり》さん……明日美《あすみ》と、うまくいってるのか、みたいな？　みたいっていうか、そのままか。なんで羊本さんが僕にそんなこと——)

「ま、まあ……」

想星は顎を引くようにうなずいた。

「なんとか」

「それはよかった」

羊本はまた窓の外に顔を向けた。

(……皮肉、なのか……な？)

想星は机に目を落とした。腿《もも》に手を押しつけ、考えこんでしまった。

(でも、そういう言い方でもなかった……ような？　この前も、喧嘩《けんか》したのかって、訊《き》かれた。気にしてた……？　なんで？　関係ないじゃないか。僕と明日美が喧嘩しようと、いい感じで付き合っていようと、羊本さんには何の関係も……)

そのうち同級生たちが教室に入ってきた。

想星から挨拶することもあれば、相手から声をかけられて、挨拶を返すこともあった。

ワックーこと枠谷光一郎《わくやこういちろう》は、想星を見つけるなり、敬礼のような仕種《しぐさ》をした。

「チョイーッ！」

　想星はまだ照れくささを捨て去ることはできなかったが、それでも全力でワックーの真似《まね》をした。

「チョイーッ」

「おっ！」

　ワックーは片目をつぶって親指を立ててみせた。

「ナイスチョイーッ！　いただきましたぁーっ！」

「ど、どういたしまして……？」

「そこは高良縊《たからい》、お上がりなサイエーンスッ！　じゃないと！」

「……そんなのあったっけ？」

「今、考えた。何しろ俺、ほら、発明家目指してるじゃん？」

「そうなんだ……？」

「知らんけど！」

「いや、知らないのかーい……」

　想星は控えめにツッコんでみた。ワックーだけでなく、他の同級生たちも笑ってくれた。これがきっかけでボケとツッコミ合戦みたいなことが始まり、けっこう盛り上がった。

　想星は何げなく羊本の様子をうかがってみた。羊本はやはり窓の外に顔を向けていた。

しかし、羊本《ひつじもと》の背中がわずかに震えていた。

(――笑って……る?)

見直すと、震えているようでも、震えていないようでもある。どちらともつかない。

(気のせいかな……)

†

午前の授業が終わり、教室でサラダチキンとエナジーバーを食べていると、いきなりワックーが想星《そうせい》にお題を振ってきた。最近、クラスで流行《はや》っている、突然の大喜利、というゲームだ。

「昔々あるところに――いたのは、誰!?」

「えっ……」

想星は頭の中が真っ白になった。

(長考はだめだ、白ける――)

その思いだけが、想星の口から一つの単語を吐きださせた。

「ち、ちくわ」

「シュールかッ!」

ワックーがすかさずツッコんだ。テンポがよかったせいか、そこそこウケた。白森《しらもり》は、仲のいいモエナこと茂江陽菜《しげえひな》と一緒に、手を叩《たた》いて大笑いしていた。

羊本は頬杖《ほおづえ》をついて窓の外を見ていた。そういえば、想星は羊本が昼食をとっているところを目にしたことがない。けれども、だいたい教室にいる。ああやって一人、外の景色ばかり眺めている。

林雪定《はやしゆきさだ》がコンビニのおにぎりを持ってやってきた。

「ちくわ」

そう言って、雪定は、ぷぷぷっ、と笑った。

「苦し紛《まぎ》れだったんだよ」

想星が言い訳をすると、雪定は隣の席に座った。

「そのわりには面白かったけど」

「本当に思ってる？」

「思ってるって。お題からして普通、人じゃない？　ちくわはなかなか出てこないよ」

雪定はおにぎりの包装を剥《は》がしはじめた。

「今日は、鮭《さけ》と、海苔《のり》の佃煮《つくだに》？」

想星はサラダチキンを齧《かじ》って尋ねた。

「雪定は毎日おにぎりだよね。味は違うけど」

「おれ、大好物がお米だからなぁ。想星《そうせい》はサラダチキンとエナジーバー固定だよね」

「あぁ……プロテイン？　タンパク質、摂《と》らなきゃ、とか。栄養的に……」

「ボディービルダーみたいなこと言ってる」

ふふっ、と笑った雪定《ゆきさだ》に、ワックーがお題をぶつけてきた。

「林《はやし》！　殺し屋のおっかない寝言とはッ!?」

「次で最後にしよう」

雪定は即答した。

教室が静まり返った。

「前もそう思ったなぁ」

雪定が付け足すと、ワックーたちは、怖っ、やばっ、怖《こえ》ぇって、などと騒ぎながら笑いだした。

「ちゃんとオチてた？」

雪定に訊《き》かれて、想星はうなずいたものの、作り笑いをするのがやっとだった。

（寝言じゃないけど、何回かそんなふうに考えたことあるな、僕……）

サラダチキンとエナジーバーを食べ終えると、想星は教室を出た。トイレに寄って、渡り廊下へと向かう。実は、授業の合間にラインを使って約束をしていた。すぐに白森《しらもり》が想星を追いかけてきた。

「ちくわー」

「や、やめてよ、恥ずかしい……」

「面白かったよ？　だって、昔々あるところにちくわが一本置いてあったんでしょ。想像したらすごくない？」

白森はそう言ってから笑いだした。

「すごくはないか。でも、面白いってば」

「そうかな。明日美《あすみ》だったら、どう答える？」

「あたし？　うーん、昔々あるところに……カメとカエルがおりました、とか？」

「カメ？　と、カエル……？」

「あたし、どっちも好きなんだよね。動物は、カメとカエルと——」

「猫？」

「そっ。猫が一番好き。にゃーん」

不意に白森が猫の鳴き真似《まね》をした。猫の鳴き声にはそれほど似ていなかった。

（……ただただ、かわいいだけやんかっ）

想星はふらつきそうになったが、なんとか持ちこたえた。

「たまに、猫を追跡するんだけど」

白森は妙に真剣な表情で語った。

「うちの近くにノラ猫が何匹かいて。仔猫《こねこ》のときから知ってる子もいるから、あたしにはわりと懐いてて、そんなに逃げないんだよね」

「それは……行動観察的な？」

「かな？　五時間くらい、ついて歩いたことある。もうずっと前だけど」

「なんだか探偵みたいだね」

「猫探偵。にゃーおっ」

白森《しらもり》の似ていない猫の鳴き真似《まね》をふたたび食らって、想星《そうせい》は気絶しそうになった。

（……殺傷力、高すぎ。探偵どころか、殺し屋もできちゃいそうだよ……）

「そんなこと言えないけど――」

思わず口に出してしまった。

「何が言えないの？」

白森に聞きつけられて、想星は泡を食った。

「あっ、いやっ、猫の鳴き真似が、すごくかわいいなって……」

「かわいい？」

白森は目をぱちぱちさせた。みるみるうちに頬が赤らんでゆく。

「……恥ずっ。あの、言っとくけどあたし、猫の真似とか、いっつもしてるわけじゃないから……」

「そうなの？　それはもったいない――ような……」

「なんで？」

「え、だから、その……とても、かわいらしいので……」

「んにゃあっ」

白森は顔を真っ赤にして、想星の肩をぱたぱたと叩《たた》いた。もちろん白森は本気で引っぱたいているわけではない。それにしても、まるで痛くも痒《かゆ》くもないのだ。その非力さに想星はある種の衝撃を受けた。

（……か弱い――女の子なんだ。人並み外れてすらっとしていて、抜きんでてかわいらしいけど、ごく普通の女の子と――この僕が、付き合ってるだなんて……）

「あぁー、マジ、恥ずかしい」

白森は手をうちわにして自分の顔を扇《あお》いだ。ちらっと想星を見た。

「ところで、想星、ひょっとして、家、厳しかったりする？」

「厳しい――」

想星の脳裏に姉の顔が浮かんだ。

（……と言えば、厳しいか。僕に厳しいのは姉さんだけなんだけど。僕にはもう姉さんしかいないし、家が厳しいって言っても、嘘《うそ》にはならない――）

「まあ……厳しい、ね。わりと。けっこう、かな。かなり、かも……」

「だから、あんまり外に出られないとか？」

「……それは、あるね。なんか……家庭の事情っていうか、こういうことは言いにくいんだけど」

「だよね」

白森《しらもり》は少し悲しげな顔をしてうなずいた。

「わかる。うちも、そういうのはなくもないし……」

想星《そうせい》は胸が苦しくなった。

（……これでいいのか。明日美《あすみ》に悲しい顔をさせたままで、本当にいいのか、僕は）

よくはない。絶対にいいわけがない。

「だ、だけど――」

切りだそうとした矢先に、また姉の顔がちらついた。姉の声が、それも、ものすごく怒っているときの変にやさしげな声が、聞こえるような気がした。しかし想星は、頭を振ってそれらを振り払った。

「出かけようよ。今度の、週末にでも。と、当然、明日美の……都合がよければ、だけど。もし、いやじゃなければ……」

白森は真顔で聞いている。早くも想星は後悔しはじめていた。約束をドタキャンし、嘘《うそ》がばれた。そのほとぼりも冷めていないのに、よくもこんなことを言いだせたものだ。

「それ、本気で言ってる?」

白森は表情を崩さない。想星は怯《ひる》みそうになったが、目をそらさなかった。

「うん。ほ、本気。……本気で、僕は言ってる」

「じゃあ——」

白森はうつむいた。腰の後ろで両手を組む。長い脚を交差させ、靴の踵《かかと》で床を何度か、とんとん、とつついた。

想星は固唾をのんで白森の返答を待った。今まで何度も殺されてきた。陥ってきたどんな危機よりも緊迫感があった。

白森が顔を上げた。ちょっとだけ頬が膨らんで、唇がすぼめられた。その顔つきがどういった種類の意思表示なのか、想星にはわからなかった。

「いいよ」

短くそう言ってから、白森は笑みを浮かべた。

想星は思わず天を仰いで、左右の拳を握りしめた。

「……やった!」

15　目には目を罪には罰を

想星《そうせい》は週末まで調査活動に精を出した。全身全霊を傾けたとまではいかないが、それなりに真面目に取り組んだ。おかげで羊本《ひつじもと》への理解はいくらか深まった。

（羊本さんは誰よりも早く登校して、夕方下校する。車輪町《しゃりんちょう》の駅で降りることもあるけど、別の駅まで行くこともある。どっちにしても、あの家には帰らない。羊本さんが複数回、下りた駅は車輪町と、もう一つ。元町《もとまち》――）

金曜の夜、想星はその元町一帯を歩き回った。

暮れ方に羊本が元町駅で下車した。それはわかっている。尾行したからだ。

元町の西側は山の手と呼ばれる高台の高級住宅街だ。元町大神宮や元町公園、元町球場、元町動物園などもある。東側には新旧の比較的高価なマンション群、小洒落《こじゃれ》た飲食店、商店などが建ち並ぶ。

羊本は元町の商店街を通り抜けて、山の手方面に向かった。それから元町公園に入ったところまでは間違いない。

元町公園は大神宮、球場と隣接していて、かなり広大だ。想星は公園内で羊本を見失ってしまった。

（羊本さんは僕に気づいて撒《ま》いたのか。それとも、僕がしくじっただけなのか。羊本さんは今、元町で何かの仕事をしているのか。そうじゃなくて、帰る家が元町にあるのか。何にしても、元町には何かがある――）

結局、想星は始発の時間が近づくまで元町を探りつづけた。

（がんばった。……がんばったよね、僕？　やるだけのことはやった。とくに何も掴《つか》めなかったけど。精一杯やった……）

想星は元町駅のホームでベンチに座り、列車を待った。

（来週だな。うん。また来週、がんばろう。週末はね。羊本さんを見つけるのも難しいし。学校がないと、尾行だって無理だし。動きようがないっていうか。土曜の早朝まで一生懸命調べたんだから、姉さんだって文句はないよね。何も言ってこないし――）

耳に差しこんであるイヤホンから姉の声が聞こえてきた。

『想星。まだ元町にいるの？』

「……もう、いいかげん帰ろうかと」

『そう。ご苦労様』

姉がいたわってきた。想星の背筋が勝手に伸びた。

（……これは、どうなんだ？　素直に受けとっていいのか？　それとも、進展がないから苛《いら》ついてるのかな。そんな感じもする……）

「帰ろうかなあ、と……」

想星《そうせい》はもう一度、言ってみた。

『くどいわね。帰って休みなさい』

「何か、新しい仕事……とかは？」

『受けていないわ。理由は、わかるでしょう？』

「……はい」

間もなく列車が来る旨のアナウンスを聞きながら、想星はホームへの階段に目をやった。黒い服を着てマフラーを巻いた若い女性が階段を下りてくる。息が止まるかと思った。

『想星？　どうかしたの？』

「……いえ？　どうもしませんけど？　あの、じゃ、帰って休みます」

怪しんでいるのか、姉は何も返さない。

黒い服を着た若い女性は、想星が座っているベンチから離れた乗車口に立って、こちらを一瞥《いちべつ》した。

（……姉さんは、新しい仕事に取りかかるのは汚名返上してからだって考えてる。僕らの獲物を横取りした同業者を、始末してから――）

黒い服を着た女性は、もう想星のほうに顔を向けていない。でも、間違いなく想星を一度見て確認した。

（羊本《ひつじもと》さん。……始発で、仕事帰り？　それとも、これから仕事か……？）

列車が来る。

想星はベンチから立ち上がった。迷ったが、羊本と同じ車両に乗ることにした。

繁華街の駅でもないし、土曜日の始発だから、車内はがらがらだ。羊本は端のほうの席に座った。想星はその対角線上にある席に腰を下ろした。

「姉さん？」

小声で呼びかけてみた。

『ええ。帰って眠るんじゃないの？』

「……寝ます。おやすみなさい」

想星はイヤホンを耳から抜いてポケットにしまった。

羊本はどこを見ているのか。少なくとも、想星のほうに視線を向けてはいない。

（同じ車両に乗っといて何だけど――）

気になって仕方ないが、想星は羊本の様子をうかがわないことに決めた。

（今日は家に帰って、仮眠をとって、それからデートなんだ。羊本さんのことは忘れよう。そもそも、横取りとか、僕的にはべつに。恩藤《おんどう》は死んで当然っていうか、殺されなきゃいけない男だったけど、誰が殺《や》ってもいいわけだし。もし羊本さんが手を下したんだとしたら、それはそれで。ただ、まあ、同じクラスに同業者っていうのはね……）

列車はいくつかの駅を過ぎた。乗る客がいて、下りる客もいた。

想星《そうせい》はつい、うっかり、羊本《ひつじもと》のほうに目を向けてしまった。

いない。

「っ……」

慌てて捜すと、羊本は想星の対角線上ではなく、同じ側の席に座っていた。

（移動……した？　いつの間に——いやいや、だからどうした。どうだっていいじゃないか。関係ない……）

想星はあえて瞼《まぶた》を閉じた。一駅過ぎた。目をつぶっていると、さすがに徹夜明けなので睡魔に襲われる。眠るわけにはいかない。

目を開けて、さっと横を見たら、羊本はさっきよりも近い席に腰かけていた。それだけではない。

「高良縊《たからい》、想星」

例の低い声だった。羊本に名を呼ばれた。マフラーで鼻の半ばくらいまで隠した羊本の顔は、想星のほうではなく、前を向いている。

「……な、なっ——何……？」

想星は思わず反応してしまった。

「わたしを嗅ぎ回って、楽しい？」

羊本は前を向いたまま訊《き》いた。想星は動揺していた。すぐには答えられなかった。

（……気づかれてた。羊本さんは、僕を撒《ま》いたんだ。しらばっくれ——ても、無駄か。だいたい、始発で出くわすなんて変だ。偶然なわけ、ない……）

「ひ、羊本さんこそ——」

「わたしが、何？」

「あ、いや……」

想星は手で口を覆った。

（……何を訊こうとしたんだ、僕は？　核心を突くようなことは言わないほうがいい。姉さんには、調べろとしか命じられてないし。余計なことをしゃべったら、藪蛇《やぶへび》になりかねない……）

それきり想星は黙りこくった。羊本も口を開かなかった。

次は車輪町《しゃりんちょう》の駅だ。列車が停《と》まり、想星は席を立った。

羊本もほぼ同時に立ち上がった。

「……なんでやねん」

想星が口走ると、羊本がこっちを見た。目を瞠《みは》っている。

そして、マフラーで顔の下半分を覆っているから定かではないのだが、羊本は噴きだした。想星にはそう見えた。

羊本《ひつじもと》はすぐさま前に向きなおって、小走りに列車から下りた。想星《そうせい》も続いて下車した。二人は四メートルほどの間隔をあけて改札を通過し、駅を出た。そこで二人の進む道は分かれるはずだ。

ところが、羊本が立ち止まったので、想星も急停止する羽目になった。

羊本は顔だけ振り向かせた。

「おやすみなさい、高良縊《たからい》くん」

「——え……」

声を失う想星を置いて、羊本は歩きだした。

羊本の後ろ姿が見えなくなるまで、想星は呆然《ぼうぜん》と立ちつくしていた。

†

(……わからない)

想星はシャワーを浴びて仮眠をとろうとした。部屋のカーテンを閉め、ちゃんとアラームを設定してベッドに入ったのに、どうしても寝つけなかった。

(ぜんっぜん、わかんない。羊本さんの行動。どういうつもりなんだ？　元町《もとまち》で何してたんだろ。やっぱり仕事？　始発で帰宅したってこと……？)

だが、おそらく羊本《ひつじもと》はあの家に住んではない。車輪町《しゃりんちょう》に別の家があるのだろうか。尾行するべきだったか。たとえあとをつけても撒《ま》かれていたに違いない。

(羊本さんって、見た目はわりと普通っていうか。華奢《きゃしゃ》な感じで、身のこなしとかも、とくにな。普通を装ってるだけなのかも、だけど――いやいや。普通じゃないって。極端に肌を出さない主義を貫いてる人だし。手袋に、夏でもストッキングだからな。ストッキングっていうか、タイツなのかな。あれ。かなり変だ……)

ひょっとして、肌を出すことができない、何らかの特別な理由があるのだろうか。

(……体育はぜんぶ見学してるんだよな、羊本さん。考慮すべき特段の事情ってことで、見学での単位取得を許可されてる。病気か何かってことなんだろうけど、そのあたりはプライバシーの保護だの何だので、学校のくせにセキュリティー固めなんだよな。地味に探りづらい……)

想星《そうせい》はとうとうあきらめて起き上がった。枕元のスマホを手にとる。時刻は午前八時四十五分。アラームは午前八時五十分にセットされている。想星はアラームを解除した。ため息が出た。

「……羊本さんのことばっかり考えてた。こういうのって、どうなんだろ。これから明日《あす》美《み》とデートなのに、なんか後ろめたいっていうか。そういう気持ちはまったくないけどさ。あたりまえだけど……」

想星はさらに三回ほどため息をついてからベッドを出た。

軽くシャワーを浴び、ほとんど伸びていないが念のため髭剃《ひげそ》りをして、歯磨きをする。食欲はない。でも、栄養補給は重要なので、エナジーバーとりんごを食べて牛乳を飲んだ。

身繕いをしていると、白森《しらもり》からラインが来た。猫が挨拶をしているスタンプだった。

「またドタキャンするんじゃないだろうなって、半分疑ってたりするのかな。そりゃそうか。でも、大丈夫――」

想星はそろそろ家を出る旨のメッセージを送った。白森はすぐに、ＯＫ、というスタンプを返してきた。

「何のために、昨夜――ていうか、今朝までがんばったと？　すべてはこの日のためだよ。いくら姉さんでも、夕方くらいまでは何も言ってこないはず……」

想星は勇んで家を出た。

約束の時間は十時。場所は瓦町《かわらまち》の瓦小僧前だ。瓦小僧というのは、瓦町を象徴するマスコットキャラクターで、その立像が駅前広場に設置されている。市内有数の待ち合わせスポットだ。

地下鉄に乗るまでは、気を抜くとスキップしてしまいそうになるほど、想星の足どりは軽かった。車内で吊革《つりかわ》に掴《つか》まった途端、落ちつかなくなってきた。

（……服装、大丈夫かな）

想星《そうせい》は仕事上、場に馴染《なじ》む恰好《かっこう》をしなければならない。衣類が傷むこともしばしばなので、わりと衣装持ちだ。今日は白いシャツ、カジュアルなベージュのパンツ、白いスニーカー、ネイビーのジャケット、それから、レザーのショルダーバッグをチョイスした。

(ダサい――ってことはないと思うんだけど。ありがちではあるかな。髪型、もっと何かしたほうがよかったかも。整髪料とかつけたりして……)

静町《しずかまち》の駅で乗り換える際には、引き返したくなった。

(――いや、そんなわけにはいかない！　当然だ、すっぽかすなんて、ありえない……)

不安でしょうがなかったが、想星はなんとか乗り換えて瓦町《かわらまち》の駅で列車を降りた。地下鉄の駅からJR線の駅ビルに上がる。週末だし、なかなかの人出だ。駅前広場も混雑していた。十代、二十代の若い世代の者が多い。瓦小僧前には、明らかに人待ち顔の男女が大勢いる。まだ約束の十分前なのに、その中に白森《しらもり》の姿もあった。

「あうっ……」

想星は謎の音声を発してよろめいた。

白森はスマホを見ているので、想星には気づいていない。

(な、長いスカートもすてきだ……ていうか、長いスカートでも、隠しきれないどころか強調される脚の長さ……ジャケットの丈も長いのに……袖も長くて、それがまた……)

想星は乱れた精神と呼吸、動悸《どうき》を抑えるために、いったん駅ビルの柱の陰に隠れた。

（……ポニーテール、だった。ヘアースタイルが。すごいよ。なんておしゃれさんなんだ。大丈夫か、僕？　僕なんかが一緒に歩いて、平気なのか……？）

そうこうしている間に、五分も経過していた。

（――自信を。自信を持て。持てるかーっ。持てないけど、もう待たせたくない……！）

想星は勇気を振りしぼって瓦小僧前へと向かった。白森はスマホをバッグにしまったところだった。顔を上げて、想星のほうを見た。

花咲くように笑顔が満開になった。白森は両手を高く上げ、跳び上がった。そして、手を振った。

「想星……！」

（――現実か、これ？）

想星は疑いながら駆けだした。何も走らなくていい。わかっていても、走らずにはいられなかった。

†

瓦町のシネコンで映画を観《み》た。過去にも映画化されているＳＦ小説を原作としたロマンチックなラブストーリーだった。白森の希望で、想星としても異論はなかった。

（……内容、あんまり入ってこなかったけど。隣の明日美《あすみ》がどんな顔で観《み》てるかとか、そっちのほうが気になって。ストーリーはだいたい把握できたけど……）

映画が終わると昼食の時間になっていた。何を食べに行くか、想星《そうせい》はまるで考えていなかった。

「お、お昼、どうしよう……か」

しかし、相手任せというのはどうなのか。想星はない知恵を必死に絞った。

「……パスタ、とか？　何だろう、オムライス？　とか？　どうかな……？」

「あたしね、お蕎麦《そば》が好きで」

白森《しらもり》はさらりと答えた。

「蕎麦？　あぁ、蕎麦……え、蕎麦？」

「ちょっと渋いかな。でも、昔から好きなんだよね。想星は蕎麦、嫌い？」

「いや？　ぜんぜん。嫌いじゃないよ。嫌いなわけないし。ええと、蕎麦だと――」

想星はスマホで近辺にある蕎麦屋を探した。評価が高いわりに価格が手頃で、庶民的な店だという「かづきはな」に目をつけた。

「このお店はどうかな」

スマホを見せようとしたら、白森がぐっと身を寄せてきた。嗅いだことのないような香りがして、想星は頭がくらくらした。

（……フローラル？　フローレンス？　フレグランス？　ワンダフォー……）

目当ての蕎麦店はシネコンから徒歩七分ほどのところにあった。少し混んでいたが、覚悟していたほどではなく、十分ほど待っただけで席に案内してもらえた。

対面するテーブル席ではなく、カウンタータイプの席だった。想星は白森と横並びで座った。とりわけ今日の白森とまともに向かいあったら、ろくにしゃべれないかもしれない。想星としては、むしろ助かった。

「何にしよっかな」

「そうだね。何にしよう……」

冊子型のお品書きは一冊しかなかったので、白森と肩を寄せ合って二人で見る形に自然となった。結果、気分が昂揚《こうよう》し、想星は普段より軽はずみになっていた。さもなくば、何を注文したらいいか、見当もつかなかっただろう。

「僕は、これにしようかな。天ぷら蕎麦。おすすめみたいだし」

「あたしもそれがいいな。でも、鴨南蛮《かもなんばん》も気になる。シンプルにざる蕎麦もいいなぁ。あたし、たぬき蕎麦も好きなんだよね。どうしよ」

白森は迷った末に、山菜おろしなめこ蕎麦に決めた。

「そういえば、あたしは蕎麦が好きなんだけど。もう言ったたか。それでこのお店に来たんだもんね。想星は食べ物、何が好き？」

「え、僕？　僕は、そうだな……」

「なんか想星《そうせい》って、毎日、お菓子みたいな」

「あぁ、うん、エナジーバーね。とくに好きで食べてるわけじゃないんだけど」

「栄養とか考えて？」

「まあ、そうかな。うん。食べ物か。食べ物。ううん。好き嫌いはないんだけど……」

（基本的にカロリーと栄養素しか考えてないとか言ったら、引かれちゃうだろうな、きっと。実際、そうなんだけど。おかげで味とかよくわからない。蕎麦《そば》だって、最後に食べたのいつだっけ。中学のときの給食とか？　蕎麦って、給食で出たか……？）

「――く……だもの、かな？　好きな食べ物っていうと……」

「フルーツはあたしも好き。じゃ、フルーツの中だと何が好き？」

「よく食べるのは、りんごとか。りんごは、ほぼ毎日……」

「毎日？　めっちゃ好きなんだ」

「あぁ、うん、そうだね、栄養のバランスもいいし……」

想星の天ぷら蕎麦と、白森《しらもり》の山菜おろしなめこ蕎麦が運ばれてきた。白森はスマホで蕎麦の写真を撮った。想星も撮影してみた。不思議な感動があった。

（――そうか。食べ物の写真なんて撮ったの、生まれて初めてなんだ。仕事関係の標的とか場所とか、しとめたあとの死体くらいしか撮らないから……）

白森は山菜おろしなめこ蕎麦を一口啜《すす》ると、目を真ん丸くした。

「……うまっ」

想星も天ぷら蕎麦を食べてみた。つゆの出汁《だし》と塩味、海老天《えびてん》から染み出した旨味、蕎麦の風味と食感が相まって、びっくりするほど美味だった。

「……こ、これは――とても、おいしいものですね……」

「言い方！」

白森に笑われた。馬鹿にするような笑い方ではまったくなかった。

「まるで、天ぷら蕎麦を初めて食べた人みたい」

「……実は、これが初めてかもしれない。わからないけど。記憶にはないので……」

「マジ？」

「そんなに……ええと、何だろう、外食とか、するほうじゃないから」

「あたしと食べたのが想星の初天ぷら蕎麦ってこと？」

「そう……いうことになるね。正直、まだ食べたことがないものは、けっこうあるけど」

「これからいろんなとこ食べに行ったら、初だらけになっちゃう？」

「その可能性は低くない、かな。恥ずかしながら……」

想星は海老の天ぷらを食してみた。海老の天ぷらは、もしかすると食べたことがあるかもしれない。でも、温かい蕎麦つゆに浸《つ》かった海老の天ぷらはたぶん初めてだ。

「……う、うまいな、これ。天ぷら蕎麦《そば》って、こんなにおいしいの……？」

「おいしいもの、いっぱいあるよ」

白森《しらもり》は自分の肩で想星《そうせい》の肩を軽く押した。それから、ふふっ、と笑った。

「楽しみ、できた。想星にたくさん、おいしいもの食べさせたい」

「そ、それは——」

顔面が崩壊するのではないかというほど筋肉が緩んで、想星は戸惑った。

（……嬉《うれ》しいのか、僕は。……そうだ。嬉しいんだ。めちゃくちゃ嬉しい——ていうか、これ、幸せっていうやつなんじゃ……？）

幸福感を超える多幸感で、想星の脳が痺《しび》れている。

「食べたほうがいいよ」

白森にうながされなければ、想星はひたすら恍惚《こうこつ》としていたかもしれない。そうだ、食べなければ、と天ぷら蕎麦をかきこもうとした瞬間、想星のバッグの中でスマホが鳴動しはじめた。バッグは椅子の背もたれに掛けてある。

「あれ」

白森はきょろきょろした。

「あたしじゃないよね。想星の？」

「う、うん……」

想星はバッグからスマホを出した。

（なんでマナーモードにしておかなかったんだ、僕。どうせ、姉さんだろ。……姉さんだよ。まだ昼過ぎなのに。早いよ。寝てるって。そうだ。僕はまだ、寝てる……）

自分に言い聞かせながら、マナーモードにした。途端に着信が切れて、すぐにまた震えだした。想星のスマホは、マナーモードだと音は鳴らないが、バイブレーションはＯＮの設定になっている。

「電話？　出なくていいの？」

白森がチラッと想星のスマホを見て尋ねた。想星は思いきってサイレントモードにした。これで音もバイブレーションもＯＦＦだ。スマホをバッグにしまう。

「うん。平気」

想星はそう答えて天ぷら蕎麦を食べた。なぜだかあまり味がしない。

（ちょっと冷めたから、かな……）

それから五分ほど、食事しつつ白森と会話したが、てんで集中できなかった。

姉は十中八九、電話をかけつづけている。想星が出ないのならしょうがないと、あきらめるような姉ではない。

「大変申し訳ありません、お客様」

不意に店員が大きな声で言った。

「お客様の中に、タカライ様はおられますか。いらっしゃいましたらお教えください。お伝えすることがございます。タカライソウセイ様、いらっしゃいますでしょうか」

「……あいつ」

想星《そうせい》は思わず椅子から立ち上がった。白森《しらもり》が不審そうに眉をひそめている。

「ご、ごめん、ちょ、ちょ、ちょっとい、行ってくる……」

想星は慌てて席から離れた。即座に戻って、バッグを持った。店員に声をかけると、厨《ちゅう》房《ぼう》に通され、電話の受話器を渡された。

「……もしもし」

『想星』

姉の声だった。く、く、く、と喉を鳴らして笑う。これはそうとうブチキレている。

『土曜の昼間から、何を遊《あそ》び呆《ほう》けているの、想星？　食事？　そう、お蕎《そ》麦《ば》屋さん。一人じゃなくて、お友だちと一緒なのね？　やだ、女の子じゃない。おまえも女遊びをするようになったのね。もうそういう年頃なのね、想星』

想星は一言も返せなかった。心臓がゴルフボールくらいの大きさに縮んで、胸の中で大暴れしている。全身が冷たくて、同時になぜか熱い。

『おまえにもそういう欲望はあるわけね。夜通し仕事をして、ほとんど眠りもしないで、なあに？　映画を観《み》たの、想星？　女の子と二人で、映画？　どう？　楽しかった？』

姉は上機嫌だ。そう聞こえる。もちろん、本心は逆だ。姉のはらわたは煮えくりかえっている。

『それで、お蕎麦屋さんに？　いいわね、想星。でも、一緒にいるおまえのガールフレンドは、ちゃんと知っているのかしら』

「……知っ――て……って、何を……」

想星はやっと声を発することができた。喘《あえ》ぎながら、途切れ途切れの、ひどくかすれた声だった。

『おまえが人殺しだって、彼女は知っているの？　これまでおまえが何人殺してきたか、彼女に話した？　人殺しと一緒に映画を観て、お蕎麦を啜《すす》っているってこと、彼女はわかっているのかしら？』

「……黙れ」

『なあに、想星？　今、何て言ったの？』

「黙れよ！」

つい怒鳴ってしまった。

厨房の中にいる店員たちが一斉に想星を見た。皆、ぎょっとしている。

「ご、ごめんなさい」

想星は厨房の人びとに頭を下げた。

「……一回、切ります、姉さん。かけ直すので」

姉の返答を待たずに受話器を置く。想星《そうせい》はもう一度、店員たちに頭を下げ、足早に厨房《ちゆうぼう》をあとにした。バッグからスマホを出して握り締め、白森《しらもり》の席に寄った。

「ちょ、ちょっと急用が。外で電話してきてもいいかな……？」

「え？　うん」

「すぐ済ませるから」

想星が店を出ると、姉のほうから電話をかけてきた。

「……はい、もしもし。さっきはすみません」

『いいのよ』

姉は悠然と笑ってみせる。実際は怒髪天を衝《つ》いているに違いない。

『それで？　ガールフレンドには打ち明けたのかしら？』

「……言えるわけ、ないでしょ」

想星は蕎麦《そば》屋の前にあるガードレールに腰かけた。

「そんなこと、話したりしたら――」

『偽りの友情は脆《もろ》くも砕け散るわね。それとも、百年の恋も冷める、と言うべき？　ところで想星、おまえはその女の子のことが好きなの？　ええと、何て言ったかしら。同じクラスの、白森明日美《あすみ》？』

「……なんで知ってるんですか。だいたい、どうして僕の居場所を」

『あら、いいじゃない、そんなのどうだって』

「よくないですよ。僕はスマホのＧＰＳなんかもぜんぶ切ってある。何があるかわからないから、そうしろって命じたのは姉さんだ」

『いい子ね、想星。私の言うことをちゃんと聞いているのね』

「……何か仕込んでるんだな。勝手に僕を監視してるんですか」

『私とおまえは一心同体なのよ、想星。こんなこと、言わせないでちょうだい』

姉が愉《たの》しげに笑う。想星は頭に血が上った。

「好きでやってるんじゃない。あんな仕事、僕がやりたくてやってるとでも？　冗談じゃない。仕事なんか、もう辞めてやる」

『で？　どうするの？』

「……どうするって。べつに——普通に、暮らしますよ。普通の、高校生として……」

『受験勉強に精を出して、大学進学でも目指すの？　その先は？』

「しゅ、就職して……給料をもらって、生活しますよ。いいでしょ。そうやって生きてる人はたくさんいる」

『でもね、想星』

姉はまるで幼児に言い聞かせるような口調で言う。

『おまえは彼らとは違うのよ。わかるでしょう？　同級生の女の子とデートするなとは言わないわ。私も鬼じゃないのよ。だから高校に通わせてあげているでしょう？　ただね、想星《そうせい》。物事には限度というものがあるの』

「……限度」

『そうよ、想星。たまに堅気の人間と同じ空気を吸うくらいで満足しなさい。白森明日美《しらもりあすみ》と軽く遊ぶ程度ならいいわ。でも、必要以上に入れこむのはだめ。それはおまえのためにならないわ』

「僕のため……？　よく言うよ。僕のことなんか考えてないくせに」

『そう思うの？　本当に？』

蕎麦《そば》屋から誰か出てきた。白森だった。

白森は早足で想星に近づいてきた。

「……想星？　まだかかる？　お店、まだ混んでるから……」

想星はスマホのマイク部分を押さえた。

「ご、ごめん、もうちょっと――」

『そこにいる小娘と違って、私はおまえが犯した罪を、すべて、何から何まで、ぜんぶ知り尽くしているのよ？』

姉はかまわず話しつづける。

『おまえと一緒にその罪を背負えるのは、私だけなのよ？　私だけが、おまえと罪を共有しているのよ？　私たちは一心同体なのよ？　私がおまえのことを考えていないわけがないじゃない？　私はもう一人のおまえで、想星、おまえはもう一人の私なのよ？』

「……やめてよ」

想星は小声で姉に哀願する。白森は心配そうだ。

「えっ……と、想星？　何か大事な用件なら、あたしのことはいいから――」

「いやっ！　違うんだ！」

想星は頭を振る。

「違う、違うんだよ、そうじゃなくて――」

『違わないわ、想星。おまえには、もっと大事なものがあるでしょう？』

「やめろ。……やめてください。頼むから……」

『遊《あそ》び呆《ほう》けていないで、羊本《ひつじもと》くちなについてもっとよく調べなさい』

「ひ、羊本さんのことは――」

想星は慌てて口をつぐんだ。白森が怪訝《けげん》そうに眉をひそめている。

『ねえ、想星。おまえは普通の子を巻きこもうというの？　それはどうかしら。きっと誰のためにもならないわ。だから私は注意してあげているのよ。だって、もし余計なことを知られたりしたら……わかるでしょう？』

姉がくすくすと笑う。想星《そうせい》は白森《しらもり》から目を逸《そ》らしてしまった。何か勘ぐっているような眼差《まなざ》しに耐えられなかったのだ。

「あの、あたし――」

白森は一度、ため息をついた。

「……想星、なんか用事があるみたいだし、今日は帰るね。お金、払っておくから。ゆっくり電話してて。じゃ、ばいばい」

呼び止めることもできたはずだ。しかし想星は、蕎麦屋《そばや》に戻る白森をただ見ていた。

『ねえ、想星。おまえが思う以上に、私はおまえのことを考えているのよ。白森とかいう女の子のことも気遣ってあげているわ。むしろ、おまえは考えなかったのかしら――』

やがて白森が蕎麦屋から出てきた。想星と目を合わさずに、白森はほとんど走るようにして去っていった。

『想星、その無垢《むく》な女の子は、おまえと深く関わるべきだと思う？　私と一心同体のおまえと――罪にまみれた、人殺しと？　どう？　それって、かわいそうじゃない……？』

16　どうしてなのときみは問うけれど

想星は白森に謝罪のメッセージを送った。かなりの長文になってしまった。しばらくすると、既読になった。日曜の夜に返信があった。文面はそっけなかった。わかりました、という一文だけだった。

月曜日、始発の地下鉄が着く時間に、車輪町《しやりんちょう》の駅出口付近で待ち伏せをした。確信はなかったものの、黒い服装でマフラーを巻いた羊本《ひつじもと》が出口から現れた。

「おはよう」

想星が声をかけると、羊本は立ち止まって少し驚いた様子だった。

羊本は想星の全身に素早く視線を巡らせてから、じっと目を見つめてきた。

「顔色がよくない」

「……は？」

「寝不足」

「えっ……――」

羊本にそんなことを言われるとは予想だにしていなかった。想星は完全に虚を衝《つ》かれ、ぼうっとしてしまった。その間に羊本は歩き去った。

想星《そうせい》は追いかけた。羊本《ひつじもと》は振り向くでもなく、標準的なペースで歩きつづけた。

（……何なんだ。読めない。どういうつもりなんだ。わからない。謎だ。白森《しらもり》さん——明日美《あすみ》の、わかりました、も謎だけど。どういう意味だろ。許してくれたってこと？　そんなわけないよな。怒ってないわけがない。どんな顔して会ったらいいんだ……）

羊本は車輪町《しゃりんちょう》の羊本宅に向かっているらしい。というか、羊本宅に到着してしまった。ポケットから鍵を出して、羊本は玄関の鍵を開けた。それから、想星に顔を向けた。

「ストーカー？　通報するけど」

「通報……警察に？」

「他にある？」

羊本が、ふっ……と、微《かす》かにだが、間違いなく口許《くちもと》を緩めた。目も少し細められた。

想星が呆然《ぼうぜん》としている間に、羊本は家に入って戸を閉め、中から施錠した。

（——笑った。羊本さんが……）

†

普段どおりの時間に登校した。ワックーこと枠谷光一郎《わくやこういちろう》のチョイーッにはなんとか応じられた。羊本はすでに窓際一番後ろの席に座り、頬杖《ほおづえ》をついて窓の外を眺めていた。

想星が自分の席につくと、林雪定《はやしゆきさだ》がやってきた。雪定とぽつぽつ話していたら、白森が教室に入ってきた。

「おはよー」

白森は笑顔全開で同級生たちに手を振った。ワックーにもチョイーッを返した。

「お、おはよう」

白森がこちらを見たような気がしたので、想星はほとんど反射的に挨拶した。

「おはよ」

白森は笑みを浮かべて挨拶を返してくれた。顔の下半分は笑っていたが、目は笑っていなかった。想星にはそう感じられた。それでも、白森は想星を無視しなかった。

（……どういうこと？）

授業中は一度も目が合わなかった。しかし白森は元気一杯といったふうで、仲のいいモエナこと茂江陽菜《しげえひな》だけでなく、他の同級生たちともよくしゃべり、よく笑っていた。

授業の合間にトイレで雪定と一緒になったとき、思わず想星は吐露してしまった。

「女性って、謎めいてるね……」

「ええ？」

雪定は含み笑いをした。

「どうしたの、想星。白森さんと、また何かあった？」

「……あ、いや。べつに、何でもない——ことも、ないけど」

「おれ、よくわからないけど、もっと心を開くといいんじゃない？」

「心を……開く？」

「わからないけどね。想星《そうせい》って、なんだかこう——」

雪定《ゆきさだ》は、ふふ、と笑って想星の背中を軽く叩《たた》いた。

「合う合わないとかもあるし、何とも言えないけど」

「……合う、合わない」

「想星と白森《しらもり》さんが合わないと思ってるわけじゃないよ。まあ、でも、おれがどう思うかより、本人同士がどう感じるかだもんね」

†

（——雪定は、なんか妙に含蓄のある……？　意味ありげっていうか、なんとなく核心ついてるっぽいようなこと、たまに言うよな……）

想星は放課後の校内を歩き回っていた。

（どうにかして、不自然じゃない感じで明日美《あすみ》と二人になれないか——とか、思ったりして……二回、見かけたんだけど、結局、だめだった。もう帰ったみたいだし……）

校舎の端のほうのトイレや、特別教室が並ぶ棟の階段、封鎖されている屋上への階段、階段下のスペースや、渡り廊下、等々。こうした時間帯によってはほとんど人が寄りつかない場所を転々として、想星は時間を潰した。

白森から連絡が来るかもしれない。そんな淡い期待は薄れて消滅しつつある。

（……あぁ、もういっそ、ちゃんと仕事したい。仕事に集中してると、他のことはどうでもよくなるし。標的をしとめれば、達成感はあるし。相手が悪人だからって、人を殺して達成感を味わうのはどうなのよって気はするけど……）

想星は教室に戻った。案の定、羊本《ひつじもと》が窓際一番後ろの席に座り、夕陽《ゆうひ》が射《さ》す教室を独り占めしていた。

ただ、羊本はいつもと違い、頬杖《ほおづえ》をついていなかった。手袋を嵌《は》めた手で、机についた両肘を軽く掴《つか》んでいる。

想星は自分の机に掛けてあった鞄《かばん》を手にしようとして、やめた。

「羊本さんは、どうしていつも手袋をしているの？」

返事はなかった。想星は羊本の席に近づいてゆく。前の席の机に手を置いた。

羊本が想星に顔を向けた。上目遣いで、明らかに想星を見ているのに、誰のことも見ていない。何か訴えかけているようで、すべてを拒絶しているようでもある。想星はその瞳に吸いこまれそうな気がした。それでいて、突き放されている感覚もあった。

「知りたいの」

羊本《ひつじもと》はあの低い声で語尾を上げずに訊《き》き返した。

「知りたい」

想星《そうせい》はそう言ってから、うなずいた。

(――知りたい。……知りたいんだ、僕は。でも、どうして？　姉さんの命令だから？　羊本さんのことを、よく調べなきゃいけないからか？　それだけなのか……？)

羊本はしばらくの間、想星を見すえていた。ようやく口を開いた。

「いいよ」

そう言うと、羊本は鞄《かばん》を持って席を立った。教室を出るつもりのようだ。想星も自分の鞄を持ってあとを追った。

羊本はまったくと言ってもいいほど足音を立てないで歩く。練習を積んだバレリーナでもなければ、こんな歩き方をする女子高生はいない。

(それか、僕のような……暗殺者か)

ためしに想星も足音を消してみた。一般人なら、自分の後ろにいるはずの者が突然、いなくなったように感じて振り返る。羊本はそうではなかった。静かに歩きつづけた。

(羊本さんは、決着をつけるつもりなのかもしれない。ひとけのないところに僕を誘いこんで――始末する)

想星は腹をくくった。

(仕事だ。これも仕事だと思えば、なんでもない。十一歳からやってきた。どうせいつかはこうなってたんだ。姉さんはその気だったし、同業者と同級生とか気まずいなんてものじゃない。羊本さんみたいな人なら、失踪したことにするのも難しくなさそうだ。しとめて、もとの生活に戻ろう。前みたいな、普通の高校生活を——)

下駄箱《げたばこ》の手前で羊本が足を止めた。想星は息が止まった。

二人の女子生徒が下駄箱のところに立っていた。どうも誰かを待っていたらしい。二人とも同級生だ。

というか、白森《しらもり》と、彼女と仲がいい、モエナこと茂江陽菜《しげえひな》だった。

「えっ……」

白森よりずっと背が低く、食べるのが大好きだというモエナは、絶えずころころ笑っているような印象がある。皆にモエちゃんやモエナと呼ばれて親しまれている彼女が、驚きというより嫌悪で顔を歪《ゆが》ませていた。

白森の表情には見覚えがあった。自分が殺されるなんて微塵《みじん》も思っていなかった者が死に瀕《ひん》したとき、今の白森のような顔つきになる。

羊本は白森とモエナを見てから、想星を横目で一瞥《いちべつ》した。それから、短く息をついて、目を伏せた。

「これは――」

もしかすると、羊本《ひつじもと》は弁解しようとしたのかもしれない。だが、申し開きをしなければならないとしたら、羊本よりも想星《そうせい》だ。

「ち、違っ……！」

「行こ」

白森《しらもり》がモエナの腕を掴《つか》んで想星に背を向けた。モエナは白森に引きずられながら声を荒らげた。

「高良縊《たからい》、最低だから！」

「いや、だ、だから――……」

想星の声はすぐに途切れた。白森とモエナは早足で玄関から出ていってしまった。

†

羊本は司町《つかさちょう》の駅から地下鉄に乗った。静町《しずかまち》駅で乗り換え、元町《もとまち》駅で降りた。

（地下鉄に乗るのは、ちょっと意外だったたな）

想星はわりあい冷静だった。というよりも、心が冷えきって、麻痺《まひ》しているかのように何も感じなかった。

（地下鉄なんかに乗ったら、監視カメラの映像とか、二人でいた証拠がどうしても残る。僕を消すつもりなら、避けてもよさそうなものだけど――）

元町公園に辿《たど》りついた頃には、日が沈んで薄暗かった。

羊本は、まばらに立つ外灯にところどころ照らされた公園内の道を歩いてゆく。

想星はイヤホンをつけて姉に連絡することも考えた。しかし、どうにも億劫《おっくう》だった。

（事後報告でいい。羊本さんはきっと僕を消すつもりだろうけど、結果は逆になる。片づいてから、あとの処理について姉さんに相談しよう）

花見や紅葉のシーズンでもないので、この時間の公園には近道をするために通り抜ける者くらいしかいない。そうした者たちともすれ違うことがない、公園の奥のほうへ、奥のほうへと、羊本は進んでゆく。

「よかったの」

不意に羊本が言った。

「何が？」

想星が問い返すと、羊本はほんのわずかだが、肩をすくめた。

「白森さん。誤解されたんじゃない」

「きみには関係ないよ」

「……そうね」

羊本《ひつじもと》は想星《そうせい》に向きなおった。同時に羊本の鞄《かばん》が地面に落ちた。それだけではない。手袋だ。羊本は手袋を外していた。左右の手、両方ともだった。いつの間に外したのか。迂闊《うかつ》にも想星にはわからなかった。

遠くに外灯がある。この小道は公園内の散策コースだ。ひとけはない。おそらく、半径五十メートル以内にいるのは想星と羊本だけだろう。

「わたしには関係ない」

だいぶ暗いので、羊本がどんな顔つきをしているのか、判然としない。白目だけがくっきりと見える。

「恩藤《おんどう》伊玖雄《いくお》を殺したのは、羊本さんだよね」

想星は羊本の殺意をひしひしと感じながら尋ねた。

「さあ」

とだけ羊本は答えた。

「この期に及んで、とぼけなくていいよ。あれは僕の獲物だったんだ」

「あなたが獲物だったんじゃないの」

「どういう意味？」

「あの男は人の辞世が視《み》える。それを詠み聞かされると、その人は死ぬ」

「……それが恩藤のチートか」

腑《ふ》に落ちた。なるほど、と想星《そうせい》は思ってしまった。その瞬間、羊本《ひつじもと》が突っこんできた。

(——殴りかかって……!?)

羊本は右腕を振り回すようにしてパンチを繰りだしてきた。ボクシングで言えば、フック。右のフックだ。想星はそう見てとった。

避《よ》けるよりも、ガードすることをとっさに選択した。想星は羊本の右手を左腕で防ごうとしたのだ。

拳ではなかった。羊本は右手を握っていない。平手だった。

その指先が、当たるというか、掠《かす》めた。想星の左手首の少し下あたりだった。

「っ……——」


気がついたら想星は倒れていた。薄目を開けている。暗くてよく見えない。とくに何も聞こえない。

(——……え? 死んだ? 死んだのか、僕? そうだ……死んだ。この感じは、間違いなく死んだんだ。どうやって? なんで? わからない。こんな死に方、初めてだ。でも、死んだ。殺されたんだ。何かされたか? 手で、パシッて。それだけだ。たったそれだけで、死んだ? そういうチートってこと……?)

羊本はまだ近くにいるのか。今、見える範囲にはいない。ただ、近くに誰かいる。想星にはそう感じられた。きっと羊本はまだ立ち去っていない。そばにいる。想星は一気に跳び起きた。

「——生き返った……！」

羊本の声だった。やはりいた。想星から一歩半か、せいぜい二歩の距離だ。逃げるか、攻撃するか。想星は判断に迷った。無意識に身構えていた。

羊本がすっと進みでてきた。

（いったん、逃げ——）

想星は跳び下がろうとした。そのときにはもう、右手首を握られていた。羊本の右手はとても冷たかった。

気がついたら想星は倒れていた。

まただ。前回と同じだった。いや、まったく同じではない。今回、想星は目をつぶっている。目を閉じて、死んだのだ。

（——……やられた。羊本さんに、さわられただけで。……手袋。そうだ。手袋を外していた。素手だった。そのせいなのか。そうか。だから——）

羊本《ひつじもと》は、いる。見えないが、いるはずだ。問題は、どこにいるのか。離れて様子をうかがっている。その可能性が高いのではないか。想星《そうせい》はそう予想した。

（起き上がるのと同時に走る。ようは、さわられなければいいわけだから――）

想星は行動を起こそうとした。予想が間違っていたことに気づくより前に、左肩のあたりに何かがふれた。

想星は目を閉じて倒れたままだった。

（――……死んだ？　三回目？　嘘《うそ》だろ。何だ、これ。この死に方。ただブチッとスイッチが切れたみたいな。今まで死んできた感じより、なんか……あっさりしてるっていうか。逆に、それが気持ち悪い。本当に、三回目なのか？　もっと死んだんじゃ？　実は、すごい回数、死んでて……次、死んだら、もう終わりなんじゃ――）

動くことができない。想星は必死に息を殺していた。羊本はいるのか。それとも、いないのか。

（……僕、本当に死んだんじゃ？　命を使い果たして、あの世にいるのかも。真っ暗で、誰もいない、何もない場所で……ずっとこうやって、永遠に、じっとしてるだけ――これが、本物の死なのかも……）

「どうして」

羊本の低い声が聞こえた。声の聞こえ方からすると、羊本は至近距離ではない、何メートルか離れたところにいるようだ。想星は心の底から安堵《あんど》した。

（──てことは……僕は、死んでない。まだ命が残ってる。生きてる……）

羊本があとずさる気配がした。

「……どうして、死なないの」

そう言うと、羊本は駆けだした。遠ざかってゆく足音をはっきりと耳にしてから、想星は身を起こした。羊本の姿は暗闇に紛《まぎ》れ、すでに見えなかった。

17　ちりばめられた嘘《うそ》と本当

今日の放課後に渡り廊下で話せますか？

朝一で届いたラインがそれだった。想星《そうせい》はベッドの上で横になったままそのメッセージを確認して、思わず呟《つぶや》いた。

「……言い方。なんで敬語なの、白森《しらもり》さん……」

どう返信したものか、二十分ほど悩んだ。その間に想星の体は勝手に動き、シャワーを浴びたり朝食をとったり身支度を整えたりした。

「まあ当然、了解です、と返すしかないわけだけど……」

†

学校はいつもどおりだった。

窓際一番後ろの席で、手袋を嵌《は》めた羊本《ひつじもと》が頬杖《ほおづえ》をついて外を眺めていた。ワックーこと枠谷光一郎《わくやこういちろう》はチョイーーッしてきたし、林雪定《はやしゆきさだ》は朝から爽やかだった。白森は目が合うと、おはよ、と言ってくれた。白森と仲よしのモエナこと茂江陽菜《しげえひな》は、想星を視界に入れないようにしている。そうはいっても、モエナとはとくに親しくないし、これもさして異常な状態ではない。総じていつもどおりすぎて、薄気味が悪いほどだった。

(……白森さんと付き合ってたとか、僕の勘違いなんじゃ？　あれさえなかったら、普通なんだよな。いや、ワックーにチョイーッを返すのはなかなか難しかったし、白森さんからのメッセージは間違いなく本物だけど……)

放課後までの間に何度、ラインのトーク画面を開き、件《くだん》のメッセージを確かめ直したか知れない。遡ると、いい雰囲気のやりとりが残っていて悶絶《もんぜつ》しそうになる。つらくてたまらないのに、つい読み返してしまうのだった。

(よく、放課後まで乗り切れたよ……)

授業が終わる頃には、想星はくたくたになっていた。

渡り廊下に着くと、走馬灯のように白森との思い出がぐるぐると脳裏をよぎった。

(ここで始まって、ここで終わるのか……)

想星は重い体を胸壁に預けて、行き交う運動部の生徒たちを見るともなく見ていた。

(何も始まってなかったような気もするけど。映画観《み》に行ったくらいかな。それも、本当に映画を観ただけだし。僕にも、一回だけ、一瞬だけど彼女がいたんだって、あとで思いだしたりするのかな……)

やがて渡り廊下の人通りがなくなり、想星《そうせい》は緊張してきた。もっとも、白森《しらもり》は想星を焦《じ》らさなかった。わりとすぐに姿を現した。

「ごめん、待った？」

白森は想星の目を見ようとしなかった。しかし、表情は険しくない。むしろ、やわらかだった。

「あ、いや、ぜんぜん……」

想星は一瞬、期待を抱いてしまった。

（ひょっとして、別れ話的なあれじゃなくて、関係修復が目的の話し合い？　考えてみれば、別れるも何も、付き合ってるって言えるほど付き合ってないわけだし——）

白森は想星の隣に立った。どうやら、視線を合わすことなく話したいようだ。

「あたし、想星の顔がタイプなんだよね」

「……え？　顔？　僕の……？」

「うん。顔」

「や、でも、僕——自分で言うのもなんだけど、その……イケメンとかでは、ぜんぜんないっていうか」

「モエナにはよく、趣味が悪いって言われる」

白森は少しだけ笑った。

「ほっとけって言い返すんだけど。モエナ、すごい面食いでさ。かっこいいアイドルとか好きなんだよね。あたしはそういうの、あんまり。ていうか、いいと思えなくて」

「……そう、なんだ」

「だから、最初は見た目。なんかいいなって。気になると、よく見るようになるでしょ。それでだんだん、話し方とか、声とか、好きかもって。何だろ。平和的っていうか」

「平和的——とは、言われたことないな、誰にも……」

「穏やかっていうか？　やさしそう？」

「……どうだろ。自分では、わからないけど……」

「チャラくないし、嘘《うそ》とかつかなそうだなって。誠実そう？」

「誠、実……」

　想星は床を凝視していた。

（——嘘の、かたまりなのに。白森さんのお父さんと同じくらい……いや、それ以上だ。僕ほど嘘だらけの人間はそうそういない。僕が普通の高校生みたいな顔してここにいること自体、おかしいんだ。嘘つきだからこそ、僕はここにいる……）

　白森は少し黙ってから、また口を開いた。

「独り相撲だったんじゃないのって、モエナに言われた」

　想星は何も返せなかった。白森は続けた。

「そういう言葉があるんだって。あたし、知らなかったんだけど。一人で相撲とるって、変だよね。たしかにそうかも。勝手に想星《そうせい》のこと、こういう人だって決めつけてた」

(僕は、嘘《うそ》つきだから——)

想星は白森《しらもり》に言ってあげたかった。

(白森さんに、見る目がないとかじゃなくて。僕は——身も心も嘘で塗り固めてる、詐欺師みたいな……どうしようもない、大嘘つきだから。騙《だま》されても、しょうがないんだよ。白森さんのせいじゃない。僕が悪いんだよ)

言えなかった。

(……嘘をつかないと——嘘を、つき続けないと、僕は……ここにいられない。友だちと挨拶したり、たわいのない話をして、笑ったりすることすら、できない)

嘘は必須だった。

想星にとって、嘘が前提条件だった。

(……嘘をつかないと、僕には——仕事しか、なくなってしまう。人を殺すことしか。人殺しのことしか、考えられなくなる……——)

「想星は?」

突然、白森に訊《き》かれて、想星は面食らった。

「……あっ、えっ——な……何?」

「あたしのこと、好きだった？」

白森は想星のほうに顔を向けていた。口角が上がっている。けれども、白森の眼差《まなざ》しは真剣そのものだった。

「べつに、好きじゃなかった？　付き合ってって言われたから、なんとなく、いいよって返事しただけ？」

「そんな、ことは……」

「あたしの、どこが好き？　どういうところが？」

「し、白森さんは——」

想星は、明日美《あすみ》、と言い直そうとしたが、無理だった。今はもう彼女のことを、明日美、とは呼べない。想星はうつむいた。

「……かわいいし」

「わかった」

洟《はな》を啜《すす》るような音がした。

見ると、白森は天井を仰いでいた。彼女はいたく落胆し、失望して、傷ついているのだろう。しかし、想星が慰めることはできない。それは、何の罪もない人を刃物で切りつけて怪我《けが》させた加害者が、被害者を手当てしようとすり寄るような行為だ。

白森は想星に向きなおって頭を下げた。

「短い間だったけど、どうもありがとう」

想星《そうせい》はかろうじて首を横に振った。

頭を上げた白森《しらもり》は、なんだかすっきりしたような顔をしていた。

「あ、最後に訊《き》いていい？　想星——」

白森は苦しそうに眉をひそめ、一度、唇を噛《か》んだ。そして言い直した。

「高良縊《たからい》は、羊本《ひつじもと》さんのことが好きなの？」

「いいや」

想星は即座に、きっぱりと否定した。

「違う。そんなんじゃ、ない」

「ほんとに？」

白森は笑った。からかうような笑い方だった。

「高良縊、嘘《うそ》つきだからなぁ」

想星はとっさに作り笑いをしそうになった。笑えるような心境ではなかったので、顔面が引きつった。結果、泣き笑いのような、おかしな表情になってしまった。

「嘘つきで、ごめんなさい」

想星は蚊の鳴くような声で言った。背を向けて遠ざかってゆく白森は足を止めなかった。聞こえなかったのだろう。

†

想星は教室に戻った。羊本がいた。たった一人、羊本だけが。

羊本は窓際一番後ろの席で頰杖《ほおづえ》をつき、外を眺めている。想星に気づいているはずだ。でも、微動だにしない。

想星は自分の席まで行った。鞄《かばん》を手に取ろうとしたが、やめた。椅子に座る気にもなれない。机に尻を引っかけるようにして軽く腰かけた。

「白森さんにふられちゃったよ」

想星の声は二人きりの教室にむなしく響いた。

羊本はやはり身じろぎ一つしない。

「それは――」

彼女の低い、かすれて消えそうな声だけが、空気を震わせた。

「ご愁傷様」

想星は笑った。笑わずにはいられなかった。笑わないと、胸が痛くて破れそうだった。ついに笑えなくなると、想星は肩で息をしながら窓の外に目をやった。夕日が空を赤く染め、街には暗い影が落ちていた。

「好きだったの」

唐突に羊本《ひつじもと》が言った。抑揚のない、平板な言い方だったので、想星《そうせい》は一瞬、意味を取り違えてハッとした。

（……違う。白森《しらもり》さんのことが好きだったのかって、質問されたんだ。そりゃそうだよ。羊本さんが僕のことを好きだった、とか。どう考えても、ありえない――）

想星は一つ息をついた。

「……それ、白森さんにも訊《き》かれたんだ。うまく答えられなかった」

「彼女は傷ついたでしょうね」

「わかってるよ、そんなこと。なんで――」

想星は声を荒らげそうになった。どうにかこらえた。

「……きみに言われなくても、わかってる。僕は最低だ」

「後悔しているの」

「尋ねてるなら、ちゃんと語尾を上げてくれないかな。あと、こっちを見て話してよ」

想星は苛立《いらだ》っていた。かなり感情が昂《たか》ぶっていた。

羊本が頬杖《ほおづえ》を外して想星に顔を向けた。不意に想星は思いだした。あれは二年生になった直後のことだ。羊本が教室から出ようとしていた。たまたまそのあたりで友だちと何かふざけていたワックーが、羊本にぶつかりそうになった。

――さわらないで！

羊本がものすごい剣幕《けんまく》でワックーを怒鳴りつけた。

あ、ごめん、と謝ったワックーを、羊本はさらに睨《にら》みつけた。羊本が教室から出てゆくと、ワックーは大袈裟《おおげさ》に怖がってみせて笑いに変えた。そんなことがあった。

（あの出来事で、羊本さんはめちゃくちゃ怖い人だから、関わらないほうがいいってことになったんだ。触らぬ神に祟《たた》りなし――）

羊本は今、想星を睨んではいない。ただ見つめている。その眼差《まなざ》しはまっすぐすぎて、怯《ひる》んでしまいそうになる。

（誰彼かまわず睨むわけじゃない。さわられるのを嫌がってる。羊本さんにふれられただけで、僕は死んだ。ふれただけで命を奪ってしまうから、誰にもさわられたくない――さわられるわけにはいかない……？）

想星は椅子を引き出し、腰を下ろした。羊本は想星から目をそらさない。

「羊本さんは、学校が好きなの？」

「どうして」

「ずっといるだろ。誰よりも早く登校して、いつまでも教室に居残ってる」

「それが何」

「普段は外の景色を見てるけど、みんなの話に聞き耳を立ててるんじゃない？　僕と白森《しらもり》さんのことだって、羊本《ひつじもと》さんは知ってたし」

「何が言いたいの」

「言いたいこと、か。何だろうな……」

想星《そうせい》は腿《もも》に両手を押しつけた。ため息をつき、教室を見回す。

「僕はね、羊本さん。学校が好きなんだ。ワックーみたいに楽しそうにしてる人が、とくに大好きでさ。毎日毎日、何がそんなに面白いんだろうな。箸が転んでも可笑《おか》しい年頃って言葉があるけど、そういう感じだよね。日常のちょっとしたことも大事なんだろうな。些細《ささい》な変化も大事件なんだ。そりゃ、つまらない日だってあるだろうけどさ。元気がない友だちがいたら、それとなく話を振ったりする人っているじゃないか。ワックーなんか、まさにそうだけど。白森さんも、けっこうそういうタイプだよね。なんでそんなに他人を思いやれるのかなって。僕にはとても真似《まね》できないから」

「わたしもできない」

「だろうね。羊本さんが軽くさわっただけで、みんな死んじゃうもんな」

想星は自分で言っておいて、喉がきゅっと締まるような感じがした。羊本は机に目を落とし、手袋を嵌《は》めた左手で右手を強く掴《つか》んでいる。想星は続けた。

「……全員が全員じゃないかもしれないけど、幸せそうでさ。こんな日々が最高の幸せだってことに、意外と気づいてないのかもしれないけど。たぶん、気づく必要もないほど、幸せなんだろうな。そんな人たちを見てると……満たされるっていうか。僕のやってることにも、意味があるんじゃないかって」

想星は頭を振る。こんなことは話したくない。話すべきではない。でも、止まらない。

「世の中には、想像を絶するようなくそったれがいるだろ。羊本さんならわかるはずだけど。欲望のままに他人を踏みにじって、悦に入っているやつとかさ。チェスの駒を動かすみたいに人を殺させて、何とも思わないようなやつとか。僕はね。べつに誰でもってわけじゃないんだ。基本、その手のくそったれを始末する仕事しかやらない。いるだろ。殺されてもしょうがないやつって。死んでくれたほうが世のため人のためになる。そんなやつらを野放しにしておいたら、この学校の生徒が犠牲になることだってありうるわけだし。僕が仕事をすれば、くそったれが消えるんだ。僕が仕事をするたびに、くそったれが減っていく。あまり褒められた仕事じゃないとしても、意味はある。僕は善人じゃない。悪人なのかもしれないけど、僕みたいな存在は必要悪なんだ」

「ずいぶん」

「え？」

「難しいことを考えるのね」

羊本《ひつじもと》はわずかに目許《めもと》を緩めた。微笑《ほほえ》んだように見えなくもなかった。

「今から、わたしと一緒に来てくれない？」

ちゃんと語尾を上げて、彼女は言った。

「会ってもらいたい人たちがいるの。わたしの、両親」

18　同じ星を見ている

想星《そうせい》は羊本と連れだって学校を出た。司町《つかさちょう》の駅から地下鉄に乗った。かなり混んでいた。羊本は車両の隅に移動して吊革《つりかわ》には掴《つか》まらなかった。想星は羊本の横に立った。

次の駅でまたそうとうな人数が乗ってきた。車内で乗客が押し合いへし合いするような有様になった。明らかに羊本は、誰とも体を接触させないように神経を尖《とが》らせていた。

「羊本さん」

もっと壁際に寄るように、想星は視線で羊本に示した。羊本は少し怪訝《けげん》そうだったが、壁を背にするような体勢になった。

想星は他の乗客に押されて羊本にぶつかりそうになった。けれども、左手で吊革を掴んだまま壁に右手をついて、どうにか羊本に当たらないように体を支えた。人殺しよりは、人間の壁になるほうがずっとたやすかった。

羊本はうつむいた。低い小声で言った。

「ありがとう」

想星の見間違いでなければ、羊本の耳が少し赤かった。

「……素手じゃなきゃ、大丈夫なんじゃないの」

訊《き》いてみたが、返事はなかった。

†

静町《しずかまち》の駅で乗り換えて、車輪町《しゃりんちょう》に行くのかと思ったら、違った。羊本《ひつじもと》は車輪町とは逆方向の地下鉄に乗った。二人は元町《もとまち》の駅で下車した。

駅から出る前にスマホが鳴動した。見ると、姉からの電話だった。想星《そうせい》は応答できないのであとで連絡する旨のメッセージを返す操作をして、スマホの電源を切った。

どのような形になるのか、想星にもわからない。しかし、これから決着がつく。そんな予感があった。

いずれにせよ、誰にも、姉にさえ邪魔されたくはない。これは想星が自分の手で終わらせなければならないことだ。あるいは、羊本が彼女の手で終わらせるのかもしれない。

羊本は元町の商店街を通り抜け、山の手の高級住宅街に向かった。

想星は一番星を見つけた。世界にはもう夜の帳《とばり》が下りていた。

羊本はとある一軒家の前で足を止めた。白いコンクリート塀に囲まれ、庭に木々が生い茂っている。大きくて立派な屋敷だが、新しくはない。塀も、家屋の外壁も、蔦《つた》に覆われている。

羊本は鞄《かばん》からリモコンのようなものを取りだした。それを操作すると、鉄の門扉が自動的に開いた。

「どうぞ。入って」

想星は言われるまま、石畳の敷地に足を踏み入れた。すぐに羊本も入ってきて、リモコンで門扉を閉めた。

家屋の玄関扉は電子錠だった。指紋認証と暗証番号を組み合わせたものだ。

中に入ると、羊本が先に靴を脱いで、それから明かりをつけた。エントランスは広々としているが、何もない。

「こっち」

羊本が石張りの廊下を歩いてゆく。想星は靴を脱いでついていった。

廊下の先はリビングだった。やはり広いが、がらんとしている。ダイニングテーブルが一台と、椅子が一脚あるだけだ。テレビや戸棚、ソファーなども見あたらない。カーテンは閉め切られている。

リビングと続きのキッチンには、冷蔵庫と電子レンジが設置されている。

キッチンの調理台の上に、不思議なものが置いてあった。想星は初めて実物を見た。あれは古い電話機だろう。いわゆる黒電話だ。

「よければ座って」

羊本《ひつじもと》はそう言うと、キッチンのほうへ歩いてゆく。想星《そうせい》は椅子の背もたれに手をかけたが、腰を下ろしはしなかった。

「羊本さんは、この家で？」

答えは返ってこない。羊本は冷蔵庫を開けた。ペットボトルを出す。ミネラルウォーターのようだ。作りつけの棚からコップを二つ出し、水を注ぐ。

途中で、りりりりりりりりん……という音が響いた。鈴か鐘を連続で打ち鳴らしているかのような音色だった。

りりりりりりりりん……

りりりりりりりりりん……

音は止《や》まない。鳴りつづく。

電話の音だろうか。

そうだ。これは黒電話の着信音に違いない。

りりりりりりりりん……

りりりりりりりりりん……

りりりりりりりりりん……――

「出ないの？」

想星が尋ねると、羊本は首をゆっくりと横に振った。

きっと、本来は出なければならない電話なのだ。その証拠に、羊本は着信音が止むまでコップに水を注ぐのを中断し、じっとしていた。姉からの連絡を無視しようとするときの想星にどこか似ていた。無視するつもりではいるのだが、気になって仕方ないのだ。

羊本は水の入ったコップを二つ持ってきて、一つをテーブルの上に置いた。それからもう一つのコップに口をつけ、少し飲んだ。毒味をしてみせたのだろう。

「たまに、夢を見るの」

羊本がぽつりと言った。

想星はコップを手に取った。喉が渇いていた。よく冷えた水を一息で半分ほど飲んだ。

「どんな夢？」

「たくさん人が出てくる。知っている人も、知らない人もいて。夢の中では、その人たちはわたしの友だちだったり、家族だったりする――」

家なのか学校なのか、よくわからないが、明るくあたたかい場所で、彼女は親や兄弟、友人に囲まれている。食事をしたり、おしゃべりをしたり、笑いあったり。

夢だ、と彼女は思う。こんなことはありえないから、夢に違いない。それに、何回も同じような夢を見た。だから、これは夢でしかない。彼女はそう理解している。

どうせ夢なのだから、もっと家族や友人と話していたい。あと少しだけでいい。ここにいたい。

「――でも、わたしは間違って、うっかり、誰かにふれてしまう。ほんのちょっと、指先が掠《かす》めただけで……さわった感じがほとんどしないくらいなのに――」

彼女の友だちや家族がばったりと倒れる。そのときには事切れている。周りにいる人びとがそれを見て、悲鳴を上げる。

「違うの」

彼女はとっさに言い訳をする。

「わざとじゃない。わたしは、そんなことをしようとしたわけじゃない」

誰も彼女の言い分を信じてはくれない。そもそも聞く耳を持たない。それどころではない。皆、我先に逃げてゆく。突き飛ばされ、転ぶ者もいる。彼女は反射的に駆け寄って助け起こそうとする。彼女がふれた瞬間、その誰かが息絶える。まただ。人びとの絶叫がこだまする。また死んだ。また殺した！

「違う。……違う。やめて。そうじゃない。わたしは、ただ――」

いつしか彼女の周りは屍《しかばね》だらけになっている。

死屍《しし》累々。

全員、彼女の友だちか家族だ。

彼女の他に立っている者は、一人しかない。

「最後の一人は夢を見るたびに違う。昨日の夢では、高良縹《たからい》くん、あなただった――」

来ないでくれ、と最後の一人は怒鳴る。近寄るな。殺さないでくれ。死にたくない！

違う、そんなつもりはない、と繰り返しながら、彼女は最後の一人に近づいてゆく。

「でも……もう、あなただけだから。わたしとあなたしか、残っていないから。それがおそらく、わたしの理屈なの。みんなわたしが死なせてしまった。わたしが殺した。あなた一人、この地上に残すほうが、かえって残酷だとわたしは思っている。あなたも殺してあげないと」

「最後の一人が、僕だとして」

想星《そうせい》はコップをテーブルに置いた。毒は入っていなかったようだ。

「僕まで殺したら、羊本《ひつじもと》さんはひとりぼっちになってしまうじゃないか」

「そうね」

羊本もテーブルにコップを置いた。

「そのほうがいいの。わたしだけなら――この世にわたし以外、誰もいなければ、何も怖くない」

「ずっと、ひとりきりでも？」

「所詮、夢だから」

「そうだったね。夢の話だった」

「だけど、昨日の夢は普段と違ったの」

「どんなふうに？」

「高良縊《たからい》くんは、死ななかった。殺しても、殺しても、殺しても。わたしが何度ふれても、あなたは死ななかった。そのうち目が覚めてしまったの。とうとうわたしは、あなたを殺せなかった」

羊本《ひつじもと》は想星《そうせい》を見つめている。まばたきもほとんどしない。

「それで、僕をここに連れてきたの？」

「言ったでしょう」

羊本は歩きだした。

「会ってもらいたい人たちがいる」

迂闊《うかつ》にも、想星はそれまで気づかなかった。リビングの隅に階段がある。上りではない。下りの階段だ。この家には地下があるのか。

羊本はその階段を下りてゆく。想星は羊本のあとを追った。

階段の先には、銀行の金庫室を思わせる、えらく頑丈そうな金属の扉が立ちふさがっていた。当然、施錠されている。電子錠だ。

羊本は指紋認証をし、暗証番号を入力して解錠した。羊本が船の操舵輪《そうだりん》のようなものを回すと、扉は意外なほど滑らかに開いた。途端に扉の向こうが青白く照らされた。そういう仕組みになっているのだろう。

「……寒っ——」

想星は思わずたじろいだ。青白い地下室から、白煙のように冷気が噴きだす。吹きつけてくる。

羊本はかまわず地下室の中へと足を進めた。

「……入るんだ？」

想星は迷いながらも羊本に続いた。あたりまえだが、中は寒かった。尋常ではない寒さだ。真冬の屋外以上というか、それ以下の温度かもしれない。

地下室は十帖《じょう》かそこらはあるだろう。天井に設《しつら》えられた青白い電灯はさして明るくない。それでも室内の様子は十分わかる。

ソファーがある。戸棚がある。テーブルがある。椅子がある。テレビまである。

部屋だ。普通の、と言っていいのかどうか。とにかく、一階のリビングよりはずっと生活感がある。

十帖ほどのリビングが、冷凍されている。

部屋だけではない。

住人まで。

三人か四人座れそうなソファーに、中年の男女が並んで腰かけている。

羊本はその男女の前に立った。

「ただいま、お父さん、お母さん」

目をつぶって聞いたら、羊本《ひつじもと》の声だとは思わなかっただろう。想星《そうせい》は耳を、そして目を疑った。羊本は幼児のようにあどけなく相好を崩していた。

「……もしかして、その人たちは――羊本さんの、実のご両親……？」

しゃべると喉まで瞬時に冷えた。想星は咳《せ》きこみそうになった。

羊本は想星に顔を向けた。打って変わって、凍《い》てついたような無表情だった。

「わたしは産みの親を知らない。母はわたしを産んだせいで、死んでしまったみたい」

「……え、じゃあ――」

「羊本嘉津彦《かつひこ》さんと芳美《よしみ》さん。この人たちがわたしを育ててくれた。お父さんと、お母さん。わたしの両親。わたしの家族」

「でも」

想星は目を凝らして羊本夫妻を見た。

二人とも五十歳前後だろうか。特徴らしい特徴はない。記憶しづらい容貌だ。どちらも羊本にはまったく似ていない。

羊本夫妻は、日曜の午後に家でくつろぐときのような服装をしている。寒くはないのか。もっと着込んだほうがいい。いや、その必要はないだろう。

二人は明らかに息をしていない。心臓も動いていないだろう。

死体だ。

あえて言うなら、二人はもう羊本夫妻ではない。生前、羊本夫妻だったものだ。冷凍保存されている。死体だ。

「生まれたときから、わたしはこうだったの」

羊本は、夫妻が座っている——座らせられているソファーの端に、腰を下ろした。

「もちろん覚えてないけど。物心がついたときには檻《おり》の中にいた。比喩じゃない。本当の檻。大きな檻。世話係が何人かいた。わたしに指一本ふれないように注意して、食べ物や飲み物を与える。わたしは読み書きを教えられた。ああしろ、こうしろ、と命じられて、そのとおりにした。それから、言われるまま、わたしは人を殺した。命令に従うと褒められた。嬉《うれ》しくはなかったけど」

何者かが彼女を保護した。というよりも、おそらく彼女を連れ去って育てたのだろう。彼女は生まれつきあまりにも特殊だった。何者かが彼女を利用しようと企《たくら》んだ。そのために彼女を飼《か》い馴《な》らそうとしたのだろう。

「わたしは学校に通うことになった。家がないと不自然でしょう。家族がいないと。わたしの世話係だった二人が、父親役と母親役を務めることになった」

それが、彼女の隣に並んで座っている羊本夫妻だった。

彼女は二人を見やった。

「わたしが哀れだったんだと思う。お父さんも、お母さんも、やさしかった。外ではなるべく誰とも関わらないようにしていたけど、家に帰ればわたしを待ってくれている人たちがいる。まるで本物の家族みたいだった」

想星《そうせい》は何か言おうとした。しかし、言葉が浮かばなかった。口に手を当てた。手指が震えていた。唇も。低温のせいか。

「お母さんは、よくわたしの肩に手を置いて、笑いかけた。いたずら好きのお父さんは、たまに後ろからわたしの背中を叩《たた》いて、びっくりさせようとした。それはとても危険なことなのに。わたしは素肌でさわった人間を死なせてしまう。相手が服を着ていても関係ない。わたしの肌が少しでも露出している部分に接触したら、その瞬間、死んでしまうかもしれないのに。二人とも慎重だったけど、わたしをむやみに恐れたりはしなかった。でも、わたしは――」

怖かった、と彼女は泣きだしそうな声で言った。

「一歩間違えたら、お父さんとお母さんを死なせてしまうかもしれない。二人を失うかもしれない。わたしはずっと怖かった。もういやになったの。仕事を辞めたかった」

「きみ、じゃ……」

想星は声を出すのにえらく苦労した。この地下室が寒すぎるからだ。

「羊本《ひつじもと》さんじゃ、ないんだね。二人を……お父さんと、お母さんを、死なせた、のは」

「好きでやっている仕事じゃない」

彼女は立ち上がった。

「やらされてきたの。やるしかなかった。今もそう。わたしが仕事を辞めたいと言いだしたせいで、お父さんとお母さんはこんな目に遭った」

「……殺された？　き、きみを、かっ、飼っている、そ、組織、に……」

「冷凍睡眠って、知っている？」

「……え、ＳＦ……とか、の……」

「死んでいるわけじゃないと言われた。凍らされて、眠りについているだけだって。わたしが今までどおり、ちゃんと仕事を続ければ、二人はいつか目を覚ますって」

「だ……だけど……そ、そんな……こと……」

「馬鹿だと思うでしょう」

彼女は目を細め、唇の両端を吊《つ》り上《あ》げた。

「でも、わたしは信じている。信じたいの」

遅まきながら、想星は異変に気づいた。手の指や爪先、舌など、体の末端が痺《しび》れて、小刻みに震えている。これは寒さのせいではない。眩暈《めまい》がする。頭が痛い。ひどく痛い。とてもではないが、もう立っていられない。想星は膝をついた。息が苦しくて気持ち悪い。吐き気がする。

「……あぁ――毒、か……」

水だ。一階で飲んだ。コップに注がれたミネラルウォーターを、半分かそこら。羊本《ひつじもと》が先に口をつけた。あれは飲んだふりだったのか。つい想星《そうせい》も飲んでしまった。無味無臭だった。ただのミネラルウォーターだと思った。

「神経毒。フグの毒、テトロドトキシンに似ていて、味も、匂いもない」

羊本が出入口のほうへと歩いてゆく。

「だけど、違うところもあって、水によく溶ける。どうしても近づけない相手に、何度か使った」

想星はもはや物を言えなかった。知覚が麻痺《まひ》し、呼吸困難に陥って、血圧が低下している。そのうち全身が麻痺して意識を失い、想星は死ぬだろう。

死んでも、命が残っているかぎり想星は生き返る。

この冷凍室のような地下室で。いや、ような、ではない。そのものだ。

生き返った想星は、この冷凍保管庫で凍え死ぬのを待つことになる。凍死しては生き返り、また凍死する。命が尽きるまで、それを繰り返す。

「さようなら、高良縊《たからい》くん。これしか思いつかなかったの」

絞りだすように、羊本が言った。彼女が言い終える前に、想星は上着の袖に仕込んであったアイスピックのような形状の暗器を抜いた。

下のほうの肋骨《ろっこつ》の隙間から、四十五度の角度で肝臓を突き上げる。すぐさま抜いて、もっと上の肋骨と肋骨の間から思いきり心臓を突き刺す。さらに、暗器を首の後ろに深々と埋めこむ。脳を貫く。想星は即死した。

三点法。ずいぶん訓練した。手足が動く状態であれば、やると決めたら即座に実行できる。ほぼ確実な自害法だ。

生き返ると、想星は床にうずくまるような姿勢をとっていた。想星自身の血がついた暗器は、右手で軽く握ったままだ。

跳び起きて、地下室の出入口めがけて突進する。

「――っ……！」

羊本は今まさに地下室から出ようとしていた。何はさておき、手袋を外したのはさすがだった。想星が暗器を手に襲いかかっても、羊本は逃げ腰にならず、両目をかっと見開いて逆に向かってきた。

殺気が火炎と化して迸《ほとばし》るような眼光に、想星は戦慄した。これは、単なる敵愾心《てきがいしん》ではない。彼女はとてつもなく執着している。

生きることに。

彼女は殺したいのではない。生きたいのだ。想星《そうせい》と違って、彼女の命は一つしかない。一度でも死ねば、彼女の人生は終わる。命だけではない。すべてを失う。

だからといって、想星は怯《ひる》まなかった。手加減もしない。できなかった。とてもそんな余裕はない。

想星は右手に持った暗器を、彼女の額に向かって突きだした。先端が尖《とが》った凶器が迫ってきたら、冷静ではいられない。

常人ならば。

当然、彼女は普通ではない。暗器を恐れず、手袋を外した手で想星の右手を払おうとするだろう。それだけでも、想星は死ぬ。

想星はそう見越して、すっと暗器を持つ右手を引っこめた。

彼女は戸惑ったようだが、一瞬だ。逡巡《しゅんじゅん》はほんの一瞬でしかなかった。想星の、右手でなくていい。どこだっていい。さわってしまえば、彼女の勝ちなのだ。

「僕を、殺せ……！」

想星は叫びながら、取りすがる勢いで彼女に体当たりした。

「——っ……!?」

彼女のどちらかの手が、想星の体のどこかにふれたのだろう。これでいい。想星のほうから当たりにいったのだから。無造作にスイッチが切れるような、あの唐突な死——

生き返ると、想星はまだ羊本《ひつじもと》に組みついていた。目論見《もくろみ》通りだった。

羊本が生まれ持ったチートでもたらす死は、これまで想星が経験したどんな死よりも瞬時で、味も素っ気もない。たいていの死は、ああ死ぬ、と思うくらいのゆとりはあるのに、それさえないのだ。言葉で飾ることすら拒否するような、意識の消失。それだけに得体の知れない恐ろしさがあるのだが、想星は死んでも間髪を容《い》れずに蘇生《そせい》する。

「くっ……！」

羊本は、想星が死んでいる間に突き飛ばそうとしたのかもしれない。おそらく地下室の中に想星の死体を残し、外に出て、扉を閉めようとしていた。でも、羊本がそうする前に、想星は生き返った。

想星は落としそうになっていた暗器を逆手に握り直した。羊本と揉《も》み合《あ》って、開いた扉に体をぶつけながら、地下室の外に出る。

「――どうして……！」

羊本が想星の首筋に左手を押しつけた。氷のように冷たい感触。しまった、と想星は思った。またスイッチが切れるように、死が――途絶えるはずの意識が、なぜだか、どういうわけか、はっきりしている。

「なっ――……」

羊本《ひつじもと》はあんぐりと口を開けた。想星《そうせい》も驚愕《きょうがく》していた。羊本に素手でふれられた。死ぬはずだ。それなのに、死んでいない。死ななかった。何がなんだかさっぱりだ。けれども、自分がやるべきことはわかっていた。

想星は、逆手に握った暗器で羊本の左耳の下あたりを狙おうとした。そこから暗器を突き立てれば、硬い頭蓋骨に邪魔されることなく、脳を傷つけられる。この殺し方は何回も経験があった。

そう難しい方法ではない。この状況なら、むしろ簡単だ。

実際、暗器の先端は、あと数センチ、いや、一センチ足らずで、羊本の皮膚に達するところだった。

そこで、想星の右手がぴたりと止まった。

殺せるのに。

羊本くちなは想星を殺そうとした。しかも、なかなか残酷なやり口だ。もし、彼女の思惑どおりになっていたら、想星は命を使い果たす前に地下室から脱出できただろうか。できなければ、繰り返し凍死したあげく、羊本夫妻と同じ冷凍死体に成り果てていた。

彼女を殺す。殺すべきだ。殺さない理由などあるものか。

自問自答しながら、想星は彼女を抱きしめていた。ふと、そのことに気づいた。

たしかに想星は、彼女を暗器で殺しかけている。でも、体は密着していた。左腕を彼女の背中に回し、逃がさないように押さえている。この状態は、抱きしめている、と言えないこともないだろう。

「わっ、ご、ごめん」

謝ってから、どうするつもりだったのだろう。想星自身、よくわからない。

「――っなして……!」

羊本は何と言ったのか。よく聞きとれなかった。彼女は想星を振りほどくと、階段を駆け上がっていった。

想星も階段を上がろうとした。地下室の扉が開いたままだ。ちらりと思った。この扉、開けたままで大丈夫なのか。

開けっぱなしの扉を気にしながら、三段飛ばしで階段を上がった。一階に羊本の姿はない。想星は石張りの廊下を走ってエントランスに向かった。ばたんと音がした。羊本が玄関のドアを閉めた音だろう。

想星は靴を履いて外に出た。

鉄の門扉は開いていなかった。羊本は門扉を開けずに乗り越えていったようだ。耳を澄ましても、足音は聞こえない。どこか遠くで犬が吠《ほ》えている。車の音。聞きとれるのはそれくらいだ。

想星《そうせい》は屋敷の中に戻った。階段を下りて地下室に入る。床に想星の鞄《かばん》が落ちていた。すっかり冷たくなった鞄を拾い、地下室を出ようとした。

羊本夫妻《ひつじもと》が変わらずソファーに座っている。二人とも冷凍されていることを度外視すれば、仲のいい夫婦がテレビを見ながらくつろいでいるかのようだ。

「危うく僕も、仲間入りするところだったよ……」

羊本夫妻の隣に腰を下ろす彼女の姿が脳裏をよぎった。きっとあれが初めてではないだろう。凍えるこの部屋で、彼女はときどき、もしかしたら頻繁に、両親と団欒《だんらん》のひとときを過ごしてきたのかもしれない。

けれども、いくら笑いかけ、語りかけても、返事はない。それでも彼女は、その日あったことなどを両親に報告していたのではないか。ひょっとしたら、想星について話したこともあったかもしれない。

「……お邪魔しました」

想星は地下室をあとにして金属の扉を閉めた。

しばらくその場から動けなかった。

羊本くちなの顔が浮かんだ。どこまでも鋭く、焼けつくような眼差《まなざ》しや、脆《もろ》くて壊れそうな笑い顔が。教室で一人、頬杖《ほおづえ》をついて窓の外を眺めている様子が思いだされた。あの押さえつけた末にこぼれたような低い声は、たぶん彼女の生き方そのものだった。

想星はスマホを出して姉に電話をかけた。

『……想星？』

姉は不審そうだった。想星は用件を切りだした。

「羊本くちなの処置は僕に任せて欲しいんです」

『何なの、藪《やぶ》から棒《ぼう》に？　ずっと連絡も――』

「お願いします」

想星はスマホをきつく握り締めて繰り返した。

「姉さん。どうか、お願いだから」

なぜだか想星は確信していた。姉は折れるだろう。

そのとおりになった。

19　友だちだけど友だちじゃない

夢を見た。

羊本《ひつじもと》と同じだ。想星《そうせい》にもよく見る夢がある。毎回、何から何まで寸分違《たが》わない、というわけではない。けれども、だいたい似たり寄ったりだ。

もう何年もの間、何回も、数えきれないほど見てきた夢だから、想星は眠っているはずなのに、ああ、あの夢だと、すぐに気づく。


あの暗闇だ。


真っ暗な場所で、想星は体を丸め、息を潜めている。まるで目がふさがれているかのようだ。何も見えない。自分の息遣いがやけに大きく聞こえる。心臓が脈打つ音まで聞こえる気がする。

どこもかしこも暗いわけではない。探せば、上のほうからほんのわずかな、細い光が射《さ》しこんでくるところもある。

(でも、だめだ……)

みんな光に吸い寄せられる。この暗闇の中にいるのは想星だけではない。想星を含めて四十九人。全員、石で造った刀を一本ずつ持たされ、暗闇の中で隠れん坊をしている。いや。これは隠れん坊などではない。

（誰かに、見つかったら——）

「想《そう》くん」

声をかけられて、想星は息をのんだ。小さな声だった。逃げようか。だめだ。かえって動かないほうがいい。それに、その声の主が誰なのか、想星は知っている。

「ぼくだよ、想くん。浮彦《うきひこ》だよ」

想星が返事をしないでいると、闇の向こうで浮彦が少し笑った。

「想くんは用心深いね。ぼくのことが信じられない？」

（……そんなことは、ないんだけど）

「いいんだ。答えなくていい。想くんは大丈夫だと思うけど、気をつけて」

（僕が、大丈夫……？）

浮彦は行ってしまう。見えなくても、想星にはそれがわかった。

また一人だ。暗闇の中で、ひとりきり。

（浮彦こそ、大丈夫かな……一番、仲がよかったのに……なんで僕は、浮彦に自分の居場所を教えなかったんだろう……）

想星《そうせい》の父には大勢の子供がいる。血が繋《つな》がっているのかどうかはわからない。とにかく、父には子供がたくさんいる。同じ家で育った者もいる。そうではない者もいる。父はその中の四十九人をここに、この洞窟のような、トンネルのような、石造りの迷路のような暗い場所に閉じ込めた。四十九人は皆、同い年だった。

（……こんなことのために、父さんが集めた四十九人だったんだ――）

「見つけた！」

闇の中で誰かが叫ぶ。あの声は多以良《たいら》か。腹違いの兄だ。異様に体が大きくて生き物を平気で殺す。おぞましい男だ。名をもじって、タイラント《Tyrant》――暴君、と呼ばれている。

想星は悲鳴を上げそうになる。いけない。声を出すな。暴君の声は遠かった。見つかったのは想星ではない。別の誰かだ。

「そっちに行ったぞ」と暴君が言う。誰かと一緒なのだ。

「わかった」ともう一人が応じる。あの声は、剣蔵《けんぞう》。あれも腹違いの兄だ。体格は想星とさして変わらないが、残忍なやつで、刃物を偏愛している。想星は以前、剣蔵にナイフで生爪を剥《は》がされた。泣き惑う想星を眺めて剣蔵は大笑いしていた。

「ぎゃあ」と別の誰かが恐ろしい声を発する。「やめて！　ああ、痛い！　助けて！」

想星は耳をふさぐ。誰かはわからないが、暴君と剣蔵に捕まったのだ。二人はその誰かに石の刀を何度も突き立てて、殺してしまったのだろう。

「よし、これで十三人だ」と暴君が満足げに言う。

「あと何人、残ってるだろうな？」と剣蔵がへらへら笑いながら訊《き》く。

人を殺したばかりなのに。同い年の、子供を。

「さあな。とにかく計画どおり、俺たち二人で全員始末しちまおう」

「本当の勝負は、そこからだからな」

「生き残れるのは一人だけだ。俺か、おまえか。恨みっこなしだぞ、剣蔵」

いやな夢だと毎回、想星は思う。何しろ、これは本当にあった出来事だ。

夢を見るたびに、想星はあの暗闇の中で生き延びなければならない。死にたくない、生き延びたいというより、殺されたくない。殺されるのはいやだが、耐えられない。楽になりたい。どうすれば楽になれるのか。誰かに殺されるしかないのか。だめだ。やっぱり殺されたくない。結局、暗闇の中でじっとしているしかない。殺されたくはないし、殺したくもないからだ。誰かの気配を感じたら、這《は》うようにして移動しろ。光のそばには決して近寄るな。もうたくさんだ、いっそ死んでしまいたい、と願いながら。

「想《そう》くん」

どれだけの時間、あの暗闇の中にいたのだろう。

想星は餓《う》えているはずだ。しかし、自分が空腹なのかどうか、もうよくわからない。喉は渇ききっている。痛いほどに。痛いから、それが何だというのか。どうでもいい。

（……ああ……だけど、この声は——浮彦《うきひこ》……？）

「想《そう》くん。ぼくだよ。来て。こっちに。終わったよ。やっと。終わらせた」

弱々しく、切れ切れの声だった。それなのに、どうしてかはっきりと聞こえた。

「浮彦……」

体があまり言うことを聞いてくれない。想星《そうせい》は暗闇を這《は》いずって進んだ。向こうにわずかな光が射《さ》している。そこに何者かが座りこんでいるようだ。浮彦。浮彦だ。

「想くん……」

浮彦は、血だらけだ。怪我《けが》をしている。大怪我だ。腕が一本しかない。右腕しか。左腕はどこにいってしまったのか。耳は両方切り落とされ、左の眼球が抉《えぐ》りとられている。

「大丈夫……」

浮彦が笑ってみせる。

「多以良《たいら》……暴君も……剣蔵《けんぞう》も……片づけたよ。なんとかね。大丈夫……まだ、目は見える。片方は、残ってるから……」

「浮彦……浮彦……」

「……想くん、刀、持ってる？　ぼくのは、折れちゃって……ないんだ……」

「あ、ある、けど……」

「お願いが……あるんだ……想くん……」

「何？　あぁ、そうか……」

想星は浮彦と仲がよかった。父の子供たちを、兄弟や家族と見なすのは難しいことだった。けれども浮彦とは、何かを奪いあったことも、騙《だま》しあったこともない。暴力をふるわれたことも、ふるったこともない。

浮彦はあの恐ろしい暴君や剣蔵をしとめた。それでも、想星を手にかけることはできない。想星を殺すのだけは忍びない、ということだろう。

「わかったよ、浮彦。うん。わかった。やるよ。僕が、自分でやる。他にはもう残ってないんだよね。僕たちしか。僕は……逃げ隠れしてただけだから。何もしなかったし……何もできなかったから。生き残れるのは、一人だけ……だとしたらもちろん、浮彦だよ。うん。大丈夫。僕、自分のことは……自分のことだけは、僕が自分で、片をつけるから」

「……そうじゃないいんだ、想くん」

「え？」

「ぼくを……殺してくれないか。想くんの、刀で……ひと思いに。いいんだ……だって、ぼく……もう……痛くて、苦しくて……つらくってさ。早く……楽に、なりたいんだ。頼むよ、想くん、一生の……お願いだから。ぼくたち……友だちだろ？」

同じ父の子なのに、家族でも、兄弟でもなく、想星のことを友だちだと、最期に浮彦は言ったのだ。

「想《そう》くん……僕は――……！」

こうして想星《そうせい》はあの暗闇から解き放たれる。長い夢だなと、いつものように思う。父と二人の姉が想星を迎える。これから何が始まるのか、年長の姉たちは知っている。想星も当然、わかっている。何せ、これは実際にあった出来事なのだから。

父が想星の顔面を鷲掴《わしづか》みにする。父は〝毒王《ベネノザ》〟と呼ばれる殺し屋だ。幼少時からありとあらゆる毒物を投与されて育った父は、その肉体自体がきわめて有害なのだった。

想星は父の毒に蝕《むしば》まれて、腐り、苦しみ悶《もだ》え、息絶える。その様子を、父は笑みをたたえて興味深げに観察している。想星は死ぬ。

そして、生き返る。

「よくやった」

父がうなずく。

「一人生き残ったのがおまえとは予想外だが、儀式は成功だ」

死ね、と想星は思う。

何が成功だ。死ね。

おまえが死ね。死んでくれ。死んでしまえ。死ね。

父さん、あんただけは、死ぬべきだ。

「――あの男を殺すのよ。まさか、断らないわよね、想星？」

ある日、姉がそう持ちかけてくることを、想星は知っている。これは夢だから。

「うん。いいよ、遠夏《とおか》姉さん。でも、リヲ姉《ねえ》は父さんに逆らわないんじゃないかな」

「わかっているわ。リヲナはおまえが片づけて」

「リヲ姉のことは嫌いじゃない。やさしい人だし――」

「でも、やるしかないの」

遠夏姉さんは背が高くて、黒々とした自慢の髪は長くてまっすぐだった。

想星と、遠夏姉さん、リヲ姉、それから暴君と剣蔵《けんぞう》は、間違いなく毒王の血を引いていると言われていた。あとの子供たちは正直、よくわからない。

彼ら、彼女らの命が、あの暗闇で行われた儀式の結果、想星に宿っている。

そして、儀式を終えてから、毒王に命じられて手にかけた人びとの命も。

「あの男は死ぬべきなのよ。想星、おまえもそう思うでしょう？」

それにしても、長い夢だ。

終わらない、悪夢。

リヲ姉《ねえ》。高良縊《たからい》リヲナは、毒王《ベネノザ》が高名な巫女《みこ》に産ませた形代人《かたしろびと》。彼女を傷つけた者は、たちどころに同じ傷を受ける。彼女を殺せば、自らも死ぬ。

「どうしてもお父さんを殺すつもり？」

リヲ姉はいつも静かに話した。体が弱くて、本が好きだった。

その日は、レースのカーテンを閉めた部屋で、骨細な体をベッドの上に重ねたクッションで支え、古い本を読んでいた。折れそうな膝の上に本を伏せて置き、リヲ姉は言った。

「家族同士で傷つけあうなんて不幸なことだわ」

「もう決めたんだ」

とっくに決まっていたことなのだ。こうなることは定められていた。これは本当にあったことで、想星《そうせい》が実行した。何度となく見た夢なのだから。

想星はリヲ姉にのしかかって馬乗りになった。リヲ姉は童顔だった。何歳も年上なのに、同い年くらいに見えた。

「仕方ないわ」

リヲ姉はそう言って目をつぶった。想星は手で首を絞めるつもりだった。どうしても、それはできなかった。クッションをリヲ姉の顔に押しつけた。リヲ姉は身を硬くした。抵抗らしい抵抗はしなかった。息ができなくなってリヲ姉が苦しむと、想星も同じだけ苦しかった。リヲ姉が窒息して事切れると、想星の意識も途絶えた。

「――……今日の夢は、ここまでか」

目が覚めた。寝汗がひどい。いつものことだ。

想星は枕元のスマホを手に取った。まだ午前五時になっていない。

気にしないようにしているが、自分しかいないはずの家の中などで、ときおり視線を感じることがある。

想星は起き上がって部屋の隅に目をやった。もちろん、誰もいない。でも、何か冷たい、ぼんやりと黒っぽいものが、そこにわだかまっているように感じられる。

「いるんだろ、リヲ姉？」

呼びかけると、その気配はたちまち消え去った。

想星はため息をついてベッドから下りた。

†

登校して、教室に向かおうと階段を上っていたら、ワックーこと枠谷光一郎《わくやこういちろう》が駆け下りてきた。

「おっ、高良縊！　なあ、高良縊！」

「……おはよう、ワックー。え？　何……？」

「高良縊《たからい》さ……」

　ワックーは肩を組んできた。

「小耳に挟んだんだけど、マジ？　なんつーかその、あすみんと別れたって」

「あぁ……うん、まあ」

「うっわ、やっぱりか。そっか。ていうか、本人から聞いたんだけどな」

「……そうなんだ」

「や、何だろ、一方的な情報かもしれないし、一応ね。蕎麦《そば》が原因だって、あすみんは言ってたけど」

「蕎麦？」

「一緒に大好物の蕎麦食いに行って、高良縊は完食しなくて、食が合わないのだけはどうしても許容できないみたいな」

「……白森《しらもり》さんが、そんなことを？」

「若干トリッキーっつーか、ギャグっぽい理由だからさ。あれ本気なんかな、あすみん」

　ワックーが不審がっているのも無理はない。真の理由は、ようするに想星《そうせい》が嘘《うそ》つきだったせいだ。白森の見込み違いで、想星は不誠実な人間だった。

「その話は本当だよ」

嘘つきらしく、想星は平然と嘘をついた。

「マジか」

ワックーは笑った。

「おもろいな、あすみん。いや、高良縊には気の毒だけど。ごめん。悪い、悪い。笑っちゃいかんよな」

「いいよ。大丈夫」

「や、まあまあ、いろいろあるよね、人生。ううん。蕎麦かあ。それはなあ。そっか。あんま気、落とすなよ？　無理か。落ちこむかぁ。だよなあ……」

「心配してくれて、ありがとう」

「いやいや。俺はぜんぜんあれだから。ノーダメージだから。あたりまえか」

ワックーは想星の背中を何度もさすった。

教室へ行く前に、想星はトイレに寄ることにした。用を足す必要性は感じない。丁寧に手を洗った。

（……白森さんは、嘘つきが嫌いなのに。僕を悪者にしないために、あんな嘘を――）

「あれ、想星」

林雪定《はやしゆきさだ》がふらっとトイレに入ってきた。

「おはよう。手、洗いすぎじゃない？」

「……外科医じゃないんだから？」

想星《そうせい》がそう返すと、雪定《ゆきさだ》は、ふふっ、と含み笑いをした。それから小首を傾《かし》げた。

「おれ、何しにトイレに来たんだっけな」

「何だよ、それ」

想星も少しだけ笑ってしまった。

雪定と一緒に教室へ向かうと、廊下で白森《しらもり》がモエナこと茂江陽菜《しげえひな》や数名と何か話していた。想星は一瞬、足がすくんだ。

「あっ」

白森が想星に気づいて、軽く手を振った。

「おはよ、想星」

「……お——はよう、ございます……」

「言い方！」

白森は声を立てて笑った。モエナは微妙な顔をしている。それでも、想星と雪定に向かって、おはよう、と挨拶をした。

「そうだ、想星」

教室に入ろうとしたら、白森に呼び止められた。

「呼び方、いいよね？　変えなくても。やっぱりなんか、戻すの逆に気持ち悪くて」

「……それは、もちろん。というか、僕はそれで、ぜんぜん」

「想星も、あすみんとかでいいから」

「あ……すみん」

「みんな――」

モエナがちらっと想星を見て、口を挟んだ。

「そう呼んでるし……」

「……うん」

想星は胸が一杯になっていた。もう少しで涙ぐんでしまうところだった。

教室に足を踏み入れる前に、一抹の不安がよぎった。もし彼女が来ていなかったら、と考えたのだが、杞憂《きゆう》だった。

羊本《ひつじもと》くちなの姿は窓際一番後ろの席にあった。例のごとく、頬杖《ほおづえ》をついて窓の外を眺めていた。

†

授業が終わると、想星は校内でいくらか時間を潰した。

教室に戻ったら誰もいなかった。

「……嘘《うそ》だろ」

想星《そうせい》は少しの間、茫然自失《ぼうぜんじしつ》していた。羊本《ひつじもと》が後方の出入口から教室に入ってこなければ、いつまでも立ちつくしていたかもしれない。

羊本は想星には目もくれずに歩いていって、自分の席に腰を下ろした。

（まあ……そりゃいくらなんでも、ひたすらずっと座ってるわけじゃないか……）

想星が咳払《せきばら》いをすると、羊本は頬杖《ほおづえ》をついて外を見た。

（無視ですか……）

想星は後頭部を掻《か》いた。迷ったが、羊本に歩み寄る。想星が前の席の椅子を引いても、羊本はぴくりともしない。想星は羊本のほうに体を向けて椅子に座った。

「昨夜は平気だった？」

そう声をかけると、ようやく反応らしい反応があった。といっても、羊本は身じろぎしただけだった。

「夢を見るって、言ってたよね。僕もなんだ。ちょうど、今日も見たんだけど」

三十秒くらいしてから、羊本は想星を見ずに低い声を出した。

「どんな夢？」

ほんの少しだけ語尾が上がっていた。

想星は窓の外に目をやった。西日が少し眩《まぶ》しくて、あたたかだった。

「真っ暗な場所に四十九人の子供たちが閉じこめられて、殺しあうんだ。最終的に一人だけ生き残る。その一人は、死んだ子供たちの命を総取りして、自分のものにできるんだよ。それだけじゃない。そのあと誰か殺せば、その命まで奪ってしまえる」

「それは――」

羊本はそっと息をついた。

「……あなたのこと？」

「そうだよ」

想星はうなずいた。

「僕がその生き残りなんだ。僕以外の四十八人の中には、腹違いの兄弟たちや、僕を友だちって呼んでくれる人もいた」

「あなたが殺したの？」

「僕が殺したのは一人だけだよ。大事な友だちを手にかけた。人を殺したのは、あれが初めてだった」

「生き残りたかったから？」

「どうかな。わからない。その友だちに頼まれたんだ。殺してくれって。でも、やっぱり僕は、死にたくなかったのかもしれない」

最後の二人になるまで、想星はあの暗闇の中に身を潜めていた。

　浮彦《うきひこ》が想星《そうせい》に言った。想《そう》くんは大丈夫だと思うけど、気をつけて、と。浮彦はなぜ大丈夫だと思ったのか。きっと、知っていたのだ。想星が人一倍、生き意地が張っていて、あきらめが悪いことを。

「あなたはこれまで何人殺したの？」

「今、僕の中にある命の数は、百十三だよ」

「大勢殺したのね」

「うん。実の父親も殺したよ。僕たちをあの暗闇の中に閉じこめて殺しあわせたのは、父さんなんだ。それから、半分血が繋《つな》がっている姉も殺した。父さんを殺すためには、リヲ姉《ねえ》がどうしても邪魔だったから」

「わたしにあなたを責める資格はない」

「だろうね。僕たちは似た者同士だ」

「違う」

　羊本《ひつじもと》は想星に顔を向けた。頬杖《ほおづえ》を外し、手袋を嵌《は》めた手を机に置く。彼女は眉を寄せて、想星を睨《にら》みつけようとしたのかもしれない。けれども、むしろ泣き顔のように見えた。

「似ていない。わたしとあなたは、違う」

「そうか」

　想星は彼女に笑いかけようとしたが、中途半端な表情にしかならなかった。

「羊本さんなら親を殺したりしない。僕のほうが悪い人間だ」

「それも、違う――」

羊本は何か言いかけた。でも、言葉にならなかったようだ。

想星も自分の気持ちをうまく表現できる自信がなかった。ただ、こんなふうに誰かと口をきいたことはない。あけすけに自分自身の過去を打ち明けたことはない。あの夢のことは姉にすら話したことがない。

羊本も同じなのではないだろうか。想星を殺すためだったのかもしれないが、彼女は冷凍保存されている両親に会わせてくれた。彼女が大切に思っている人たちに。彼女を苛《さいな》む恐ろしい悪夢について語ってくれた。

彼女が生まれ持つ力を、想星は身をもって知っている。

想星があの暗闇を生き延びて身につけたおぞましい命の秘密は、彼女の手の中にある。

「羊本さん」

想星は背筋を伸ばして腿《もも》の上に両手を置いた。突然、想星が居住まいを正したものだから、羊本は少し驚いたようだ。彼女の瞳が揺れた。

「僕と友だちになってくれませんか」

羊本は目を瞠《みは》った。それから、まばたきを二回した。

「……は？」

「羊本《ひつじもと》さんと僕は、友だちになれると思う。少なくとも、お互いに嘘《うそ》をつかなくていい。自分自身を偽らなくていい」

「自分自身の――」

羊本の顎が微《かす》かに震えた。

「人殺しの、本性を?」

「そうじゃないよ」

想星《そうせい》は羊本の机に手をかけた。羊本は怯《ひる》んだ。彼女の椅子が音を立てた。

「僕らは人殺しだけど、それでも人間だろ。傷つくこともある。悲しいときも。何も感じないふりなんて、しなくていいんだ。友だちには、隠さなくていい」

「いいかげんにして!」

羊本は席を立った。彼女はそうするだろうと、想星は見越していた。だから想星もすぐさま立ち上がった。右手を差しのべて、彼女の右手首を掴《つか》んだ。振り払われてしまう前に、無理やり彼女を自分のほうへと引き寄せた。

両腕で彼女を抱きしめる。

「――っ……」

彼女は呆気《あっけ》にとられているようだ。

「こうしないと、羊本さん、逃げちゃうだろうから」

彼女は間もなく手袋を外す。素手で想星にふれようとするに違いない。そんなことをする必要はないのだ。わざわざ想星を殺さなくていい。殺されるまでもなく、想星は自分のほうからそっと、彼女の頬に右手を押しあてた。途端にスイッチが切れた。

「――高良縊《たからい》くん……!?」

想星は死んで、命を一つ失い、生き返った。どうやら羊本は、即死した想星をとっさに抱きとめたらしい。想星の右手はだらんとしていたが、まだ彼女の首や顎にいくらかふれていた。想星は思わず呟《つぶや》いた。

「すごい」

「……え?」

羊本も気づいているはずだ。彼女が想星を地下室に置き去りにしようとしたあのときも、同じことが起こった。揉《も》み合《あ》いになり、想星は一度、殺された。生き返った想星を、彼女はふたたび殺そうとした。でも、どうしてか死ななかった。

想星は右手で羊本の左頬を軽く押さえた。彼女の頬はひたすらやわらかい。迂闊《うかつ》に力を加えたら、皮膚が破れてしまうのではないか。怖くなるほどだ。

「ん……」

彼女が目をつぶって、吐息をもらした。想星《そうせい》の指先が彼女の耳朶《じだ》を掠《かす》めたので、くすぐったかったのかもしれない。

「ごめん」

想星は謝って、いったん右手を彼女の頬から離した。それから、また彼女の肌に手を接触させた。

「ほら、羊本《ひつじもと》さん——」

胸や背筋のあたりがぞくぞくする。鳥肌が立っていた。想星は自分自身が味わっているこの感情に名前をつけることができない。これは感情なのか。それさえわからない。

彼女が目を開ける。顔全体が赤らんでいる。彼女の唇が少しだけ開く。彼女はせわしく、浅い息をする。想星は知らなかった。今、初めて気づいた。彼女の唇の右下にほくろがある。目立たない、とても小さなほくろだ。

「死んでから、生き返ったとき、きみにふれたままなら——」

想星は息継ぎをした。胸が詰まる。苦しいのに、このままでいい。このままがいい。

「僕は死なない。不思議だよね。こんなことがあるなんて。奇跡みたいだ」

彼女は何も言わない。ただ震えている。でも、想星の腕を振りほどかない。できるはずなのに。

きっと、この広い世界で、彼女はどこまでもひとりきりだった。

彼女にとって、情け深い羊本《ひつじもと》夫妻の存在は心の支えだったのだろう。しかし、だからこそ、夫妻が彼女の弱みになってしまった。

それに、夫妻にしても、彼女の孤独を本当の意味で理解することはできなかったはずだ。彼女に同情し、見守ることはできても、そこまでだった。たとえ夫妻がそうしたいと望んでいたとしても、彼女に寄り添うことはできない。物理的に不可能なのだ。

「僕なら、怖がらなくていいんだ」

他の誰にもできない。高良縊想星《たからいそうせい》だけが、こうして彼女に寄り添える。

「間違って殺しちゃっても、平気だし。何なら、八つ当たりとかで殺したとしても、大丈夫だよ。死ぬのは慣れてるから」

「知ってる」

彼女は微《かす》かに鼻を鳴らした。笑ったのかもしれない。

「もう何回も、あなたを殺した」

想星はもっときつく彼女を抱きすくめたかった。けれども、友だちとして、それはどうなのだろう。

そもそも、友だちをこんなふうに抱きしめたりするものなのか。それ以前の問題として、高良縊想星と羊本くちなは友だちなのだろうか。想星の申し入れを、果たして羊本は受《う》け容《い》れたのか。

いずれにせよ、想星はあきらめが悪い。たとえ羊本に拒否されたとしても、簡単に引き下がることはないだろう。

（あぁ――）

想星は歯を食いしばった。さもないと、おかしな声が出てしまう。彼女がわずかに首を傾けた。まるで想星の掌《てのひら》に頬をすりつけるように。彼女にそんな意図はないのかもしれない。でも、彼女の体はこわばっていない。想星に身を委ねているかのようですらある。

（僕はこの先何回、羊本さんに殺されるのかな）

想星は彼女を抱きしめているのではない。あくまでも友人として、大切に扱っている。ただそれだけだ。想星は彼女に安心してもらいたい。くつろいで欲しい。彼女が目を伏せる。長くて量の多い睫毛《まつげ》に覆い隠されそうな彼女の黒い瞳は、滲《にじ》むように濡《ぬ》れていた。

（いくら死んでもいいように、もっと殺さないと――）

112 LIVES
LEFT
CONTINUE?

あとがき

初めまして。十文字青《じゅうもんじあお》といいます。もしかしたら、僕のことを知っているという奇特な方も、中にはいらっしゃるかもしれません。とにかく、MF文庫Jで小説を書くのは久しぶりです。ちょっと調べてみたのですが、2013年に『一年十組《クラス・エックス》の奮闘』という小説の3巻を書きました。どうもそれ以来のようなので、なんと9年ぶりです。

書いていない間に、担当編集者が何度か交代しました。MF文庫J編集部は大変律儀というか義理堅くて、僕のような作家にもずっと担当さんを付けてくれていたのです。企画が進みかけたこともありました。なかなか本格的に動かなかったのは、代々の担当さんではなく僕のせいです。あちこちで細々と仕事をさせていただいていましたし、かつては主に中高生向けだったライトノベルの伝統を頑なに守りつづけているかのような、古くも新しい、今となっては一種の風格さえ感じるMF文庫Jで、僕のような者が果たして書くべきなのかという考えもありました。まあ、ようは僕の腰が重かったのです。

そして今回、この『恋は暗黒。』を書き上げることができたのは、ほぼ全面的に現担当の鈴木《すずき》さんのおかげです。鈴木さんはしつこかった。何回か二人で企画を練って、そのたびに僕が投げだしてしまい、少し連絡が途絶えたりしても、必ずまた「どうですか」と声